文庫

# 警告(下)

マイクル・コナリー｜古沢嘉通 訳

講談社

FAIR WARNING
By Michael Connelly

This edition published by arrangement with
Little, Brown and Company, New York,
New York, USA
Through Tuttle-Mori Agency, Inc., Tokyo

目次

# 警告(下)

**●主な登場人物〈警告　上下共通〉**

**ジャック・マカヴォイ**　消費者問題を扱うニュース・サイト、フェアウォーニングの記者。元ロサンジェルス・タイムズ記者

**マイロン・レヴィン**　フェアウォーニング創業者、編集長

**エミリー・アトウォーター**　ジャックの同僚

**ウイリアム（ビル）・マーチャンド**　フェアウォーニングの弁護士

**クリスティナ（ティナ）・ポルトレロ**　映画プロデューサーの個人アシスタント

**デイヴィッド・マットスン**　ロス市警強盗殺人課刑事

**サカイ**　マットスン刑事のパートナー

**百舌**《モズ》　匿名の殺人者

**レイチェル・ウォリング**　元ＦＢＩ捜査官。身元調査事務所の経営者

**ウイリアム・オートン**　遺伝子研究を行っているオレンジ・ナノ研究所の設立運営者

**グウィネス・ライス**　百舌の事件の生存者

**マーシャル・ハモンド**　ロス市警バイオ科学捜査ラボのＤＮＡ検査技師

**ロジャー・ヴォーゲル**　ハモンドのパートナー

**ジゴベルト（ディグ）・ルイス**　アナハイム市警刑事

**マシュー（マット）・メッツ**　ＦＢＩ特別捜査官

# 百舌

## 24

彼は暗くなるまで待った。

テスラの静けさが好きだった。この車はおれのようだ。すばやく、気づかれずに動く。だれもおれが近づいてくるのを耳にしない。彼はカピストラーノ・アヴェニューにある家から一ブロック離れた路肩に車を寄せて停めると、降りて音を立てぬようドアを閉めた。黒いナイロン製のランニング用ウインドブレーカーのフードを頭にかぶせた。近所にあるカメラに姿を捉えられても正体をうまく隠せるように表情を歪《ゆが》ませる透明なプラスチックマスクをあらかじめ付けていた。近頃では、だれもが自宅のまわりに人感センサー付きの防犯カメラを設置していた。それが彼の仕事を難しくさせていた。

彼は慎重に通りを移動し、影のなかに隠れ、街灯が作る光の輪に入らないようにしていた。小型の黒いダッフルバッグを体に密着させるようにして脇に抱えていた。ようやく目的の家の側庭にたどり着くと、鍵のかかっていないゲートから裏庭に潜りこんだ。

その家は暗かったが、楕円形のプールには明かりが灯っており――タイマーで灯るようになっている可能性が大だ――水面に反射した光が並んでいるガラスの引き戸から家のなかに降り注いでいた。カーテンはかかっていない。引き戸それぞれを確認したところ、全部ロックされていた。そこで、ダッフルバッグから小型のバールを取りだし、中央の引き戸の底に当てて持ち上げ、レールから外した。慎重に引き戸を持ち上げ、コンクリート製の中庭に置いた。このとき、かすかにガキッという音がした。彼はじっと動かず、引き戸の隣にうずくまったまま、この物音でアラームが鳴ったり、だれかを警戒させたりしないか確かめようと待った。

明かりは点かなかった。だれもリビングを確認しに来なかった。彼は立ち上がり、粗いコンクリート面に滑らせて引き戸をあけると、家のなかに入った。

家のなかにはだれもいなかった。室内の部屋をそれぞれ調べた結果、寝室が三部屋あり、だれもそこで眠っていないと判断した。引き戸をこじあけるのに音を立てたせいでだれかが目を覚まし、どこかに隠れている可能性を考慮して、もう一度、より徹底的に室内を調べたが、隠れていようといなかろうと住人はいないことが確認された。

だが、この二度目の捜索で、彼は車庫にたどり着き、そこがラボに改造されているのに気づいた。ここで見つけたものがダーティー4を支えているラボだと了解する。装置や作業台に残されたノートだけでなく、吊《つ》り下げ式のホワイトボードに記されたデータやカレンダーも吟味する作業に取りかかった。

デスクトップ・コンピュータが一台あった。スペースバーを押したところ、それが親指の指紋でプロテクトされているのに気づいた。

彼は工具や拘束具といっしょに入れている透明なダクトテープを一巻きダッフルバッグから取りだした。車庫を離れ、TV室を通り抜けて、洗面所を見つけた——ラボにもっとも近いトイレだ。明かりを点け、ダクトテープから長さ八センチのテープを二枚はがした。糊《のり》面を上にして、手洗いカウンターの上に一枚置き、もう一枚をトイレのプラスチック製フラッシュ・ハンドルの上に貼った。テープを持ち上げ、斜めから見る。指紋を採取していた。親指の指紋と言って充分なくらい大きなものだと判断する。

そのテープをカウンターに置いていたもう一枚のテープに重ね、指紋をテープのあいだに封じこめた。ラボに引き返し、コンピュータのまえに座る。ゴム手袋を外して、採取した指紋を挟んでいるテープを自分自身の親指に押しつけた。そのままデスクトップ・コンピュータの読み取り用四角形に押し当てると、コンピュータの画面が起動した。侵入できた。

ゴム手袋をはめ直し、デスクトップ・コンピュータのファイルを調べはじめた。この家のオーナーがどこにいるのかわかっていなかったが、コンピュータのなかには目を通し、理解しようとするべき情報がたっぷり入っていた。彼の調査は何時間もつづき、夜明けがきて、車庫の扉の反対側にあるドライブウェイに一台の車が停まる音がしてようやく終わりを迎えた。

彼は警戒をしたが、わざわざ隠れはしなかった。この家の持ち主を迎える用意をすばやく整え、ラボの電気を切って、待った。

しばらくすると家のなかで足音が聞こえ、テーブルかカウンターに鍵束が落とされる金属音が聞こえた。その音を彼は心に留め、その鍵と、外に停めてある車が必要になるかもしれないなと考えた。テスラと別れるのはいやだったが、日射《ひざ》しのなかで近所を通ってテスラに戻るリスクを冒すことはできないかもしれなかった。夜が明けるまでこの家に留まる計画ではなかったが、いまとなってはすばやく脱出するのが最善の策だろう。

ラボの天井の照明が灯り、男が部屋に入って五歩進んだのち、ラボのテーブルに侵入者が座っているのに気づいて立ち止まった。

「何者だ？」男は言った。「なにが望みだ？」

座っている男は相手を指さした。

「あんたが自称ハンマーだな？」男は訊いた。

「よく聞けよ」ハモンドは言った。「おれはロス市警で働いている。おまえがどうやってここに入ったかはわからないが、いますぐここから出ていってもらおう」

ハモンドはポケットから携帯電話を取りだした。

「警察に通報するぞ」ハモンドは言った。

「すればいい。そうすりゃダーク・ウェブ上で女性のデータを売っているあんたのちんけな副業が全部ばれる」侵入者は言った。「特定の女性のデータをな。それは望まないだろ？」

ハモンドは携帯電話をポケットに戻した。

「おまえは何者だ？」ハモンドはふたたび訊いた。

「あんたがおれに電子メールを送ってきた」侵入者は言った。「古典的な連絡手段だ。フェアウォーニングの記者に関するちゃんとした警告《フェア・ウォーニング》だ。ジャック・マカヴォイだったっけ？」

ハモンドの顔色が状況を理解して蒼白に変わりはじめた。

「あんたが百舌なんだ」ハモンドは言った。

「そうだ。話をする必要がある」侵入者は言った。「そこの椅子に座ってもらいたい」

百舌はハモンドのためにあらかじめ用意しておいた椅子を指し示した。キッチンにあったテーブルから取ってきた木製の椅子だった。肘掛けがついていたのでそれを選んだのだった。その肘掛けそれぞれに結束バンドを一本ずつ取り付け、とても広いループにしておいた。

ハモンドは動かなかった。

「頼む」侵入者は言った。「二度は頼まない」

ハモンドはためらいがちに椅子に近づいて腰を下ろした。

「そのプラスチックのループに腕を通し、手首のところできつく締めてくれ」侵入者は言った。

「おれはそんなことをしないぞ」ハモンドは言った。「話をしたいと言うなら、話をすればいい――おれはあんたの側の人間だ。われわれはあんたに警告するためにあの電子メールを送った。警報として。だけど、自分の家で自分を拘束するつもりはない」

百舌はハモンドの抵抗に笑みを浮かべ、ハモンドが取るに足りないわずらわしさであることをほのめかす口調で話しかけた。

「あんたがそれをするか、さもなきゃおれがそこへいき、あんたの首を小枝のようにへし折るかだ」百舌は言った。

ハモンドは百舌を見て、一度まばたきをし、左手を肘掛けのループに通しはじめた。

「さあ、タブを引いて、締めるんだ」

ハモンドは手首のまわりでループを締めた。強めに締めるようにと言われずともそうした。

「さあ、反対の手だ」

ハモンドは右手をループに通した。

「どうやってこっちは締めるんだ？　手が届かない」

「頭を下げて、歯を使え」

ハモンドは言われたとおりにしてから、自分を捕らえた男を見上げた。椅子の肘掛けに自分がしっかりつなぎ留められていることを示すため、手をひらひらと動かした。

「オーケイ、次はどうする？」

「おれがあんたに危害を及ぼすつもりなら、拘束すると思うか？」

「あんたがなにをするつもりなのかわからない」

「考えろ。おれがあんたに危害を及ぼしたいのなら、とっくにおこなわれているはずだ。だが、こうなって、おれたちは快適に話ができる」

「おれはまったく快適じゃないんだが」

「まあ、おれは快適なんだ。さて、話をしようじゃないか」

「なんの話を？」

「あの記者に関してあんたが送ってきた電子メールの話さ——どうやっておれに届ける方法がわかったんだ？」

「ほら、そこが鍵なんだ。だからこそあんたはおれのことを心配する必要がないんだよ。おれはあんたが何者か知らない。あんたがあのサイトに参加したとき使っていた電子メール・アドレスだけ、わかっているんだ。それだけなんだ。あんたの正体を知る方法はない。だからこれは——」

ハモンドはプラスチックの縛《いまし》めに抵抗して腕を振った。

「──まったく不必要なんだ。ほんとだ。本気で言ってる」

百舌は長いあいだハモンドを見つめたあげく、立ち上がると、部屋の隅にあるテーブルの上のプリンターに近づいた。プリンターのトレイから書類の束を手に取る。ラボのコンピュータのなかで興味を引かれたことに関する情報を夜通し印刷していた。

百舌は席に戻り、膝の上に書類の束を置いた。

「ひとつ肝腎な点を見逃している」百舌は書類から顔を起こさずに言った。「おれに電子メールを送るという判断がどうしてあんたに浮かんだんだ？」

「そうだな」ハモンドは言った。「死んだ者たちの情報をダウンロードしたのはあんただけだったんだ」

「ダーティー４で」

「ああ、あのサイトで」

「そこが問題なんだ。あんたのサイトは、完全な匿名性を約束していたのに、あのサイトとおれとのやりとりを通じておれの正体を見破ったとあんたは言っている。それはじつにがっかりさせられることだ」

「ちがう、待ってくれ、われわれはあんたの正体を見破っていない。言いたいのはそれだ。あんたの名前を言おうものなら、自分の命が危うい。われわれは殺されたあの娼婦たちに関する詳細をダウンロードした人間をさがしたんだ。そういう顧客がひとりだけいた。あんただ。われわれは善意からあの電子メールを送った。あんたの跡をたどっている記者がいるからあんたに警告するために。それだけなんだ」

百舌はその説明を受け入れるかのようにうなずいた。恐怖が大きくなるにつれハモンドがどんどん昂奮してきているのに百舌は気づいていた。それは問題だった。手首がプラスチックの縛めに擦れ、跡が残るからだ。

「あることに興味がある」百舌は会話を促すように言った。

「なんだ？」ハモンドは訊いた。

「あんたの事業活動は見事なものだ。どうやってDRD4の検体を手に入れ、個々の提供女性の身元と結びつけられるんだ？　ほかのことは全部理解しているんだが、そこがわからない——そしてそこがこの全体の美しいところでもある」

ハモンドは同意を示してうなずいた。

「まあ、それは機密事項なんだけど、話そう。われわれはGT23社のデータベースを完全に所有しているんだ。ただし、先方はそのことを知らない。内部に侵入している。完璧なアクセスをしている」

「どうやって？」

「われわれはトロイの木馬型ウイルス付きのDNA検体を暗号化して、ほかのだれもがやっているように送ったんだ。いったんなかに入ると、検体はコードに変換され、そこでウイルスが起動し、先方のメインフレームに入れる。彼らのデータへの完璧な裏口からのアクセスが可能になる。おれは彼らのDNAの準大手買い手だ。DNAを買い、われわれの望んでいるDRD4遺伝子の持ち主を特定し、すべての検体に付けられるシリアル番号と生身の雌犬どもを突き合わせて、サイトのリストに載せている」

「それは天才的だ」

「われわれはそう思ってる」

「ところで、われわれというのは、だれなんだ？」

ハモンドはためらったが、一瞬だけだった。

「あー、おれにはパートナーがいるんだ。おれがDNA担当で、彼がデジタル担当。彼がサイトを運営している。おれが彼に必要なものを与えている。入ってくる現金は折半しているんだ」

「完璧なパートナー関係のようだな。その男の名前は？」

「あー、彼は名前を知られるのを望んで――」

「ロジャー・ヴォーゲル、そうだな？」

「どうやってその名前を知ったんだ？」

「おれはたくさんのことを知っているんだよ。ここに一晩じゅういたんだからな。あんたの記録は暗号化されていなかった。あんたのコンピュータのセキュリティは冗談みたいだった」

ハモンドは答えなかった。

「で、あんたらの事業についてもっと詳しいことをロジャー・ヴォーゲルに訊こうとしたら、どこで見つけられる？」

「知らない。あいつは根無し草みたいなもんなんだ。秘密主義の人間で、われわれはある種、別々の人生を送っている。かつてはルームメイトだった。大学で。だけど、それ以降、直に会うことはあまりない。正直言って、あいつがどこに住んでいるかも知らないんだ」

百舌はうなずいた。パートナーを裏切るまいというハモンドの拒絶は見上げたものだが、まったく問題ではなかった。夜のうちに、百舌はデスクトップ・コンピュータのメモリーにまだ残っている無数の削除された電子メールを読んでいた。ハモンドのふりをして、百舌はヴォーゲルにメッセージを送り、きょうのうちに会おうという提案をしていた。ヴォーゲルは返事を返し、同意していた。

　これにケリをつける頃合いだった。百舌は立ち上がり、ハモンドに向かって歩きはじめた。虜囚の両腕が強ばり、手首の縛めを押し広げようとするのが見えた。

　百舌は近づいていきながら、片手を上げて、相手を落ち着かせようとした。

「リラックスするんだ」百舌は言った。「なにも心配することはない。もう」

　百舌はハモンドの背後にまわり、これがどういうふうに違ったものになるのだろうと考えた。これを男性に対しておこなったことはなかった。すばやく身をかがめ、たくましい腕をハモンドの頭と首にまわした。左手を下ろして相手の口にかぶせ、音が漏れないようにする。

　ハモンドのくぐもった「よせ！」という叫びが手のなかで消え、すぐに限界までねじられた骨と腱《けん》と筋肉がはじける深い、満足のいく破裂音が聞こえた。ハモンドの最後の息が指のあいだを熱くすり抜けていった。

# JACK

## 25

わたしは早くに起きていたが、ベッドに留《とど》まり、眠っているレイチェルを見つめていた。邪魔をしてはいけないと思った。ベッドサイドテーブルからノートパソコンを引き寄せ、電子メールを確認したところ、エミリー・アトウォーターからの短信が一件だけ入っていた。それは昨晩遅くに送られたもので、電話のあとで送るとわたしが約束していたディープ・スロートの書類はどこにあるの、という問い合わせだった。意図的に出し惜しみしているのではないか、とほのめかしていた。

わたしは遅れたのを詫《わ》びる返信を急いで書き、添付するための書類を呼びだした。それぞれの書類にまずざっと目を通し、エミリーがこの件で電話してきたときに内容が頭のなかに入っているようにした。オレンジ郡保安官事務所の科捜研からのＤＮＡ報告書に目を通していると、見覚えのある名前が目についた。

「なんてこった！」

レイチェルが身じろぎして、目をひらいた。わたしはベッドから飛び降り、バックパックのところにいって、昨晩、エミリーと電話で話しているときに使っていた手帳を取りだした。それを持ってベッドに戻ると、ある名前を書き留めたページを急いでひらいた。一致した。

**マーシャル・ハモンド**

「どうしたの、ジャック？」レイチェルは訊《き》いた。

「棺桶《かんおけ》のなかのエルヴィスだ」わたしは言った。

「なに？」

「古い新聞の常套句《じょうとうく》さ。意味は、目指すもの、だれもが欲しがる写真というものだ。今回は写真じゃない。名前だ」

「わかるように言って」

「これを見てくれ」

レイチェルに見えるようにノートパソコンの画面を向けた。

「これはオレンジ郡で起こったレイプ事件でオートンの容疑を晴らしたオレンジ郡保

安官事務所から出たDNA報告書だ。ほら、ディープ・スロートが送ってきたんだ。被害者から採取した検体とオートンのDNAを比較したDNA技師の名前が書かれているここを見てくれ」

「わかった。M・ハモンド。これがなんの意味があるの？」

「マーシャル・ハモンドは、ロス市警の科捜研で働いており、グレンデールに現在住んでいる。今回の記事のパートナーは、オートンの研究所からDNAを購入している準大手ラボを調べたんだ。で、こいつ、ハモンドは、そのなかのひとりだ。そして、いいかい、こいつは女性のDNAだけを購入している」

「話がよくわからないのだけど。コーヒーが要るわ」

「いや、聞いてくれ、これはでかいんだ。このハモンドという男がオートンの容疑を晴らした。DNAが一致しないと証言して。その四年後、ハモンドはオートンと仕事の上でつながっている。連邦取引委員会《FTC》の書類によれば、ハモンドはDNAの法医学検査アプリケーションの研究をしているそうだ。だが、オートンから女性のDNAだけを購入している。法医学アプリケーションを目指しているのにどうして女性だけなんだ？　わかるかい？　エミリーとおれはすでにこの男に注目していたが、いまや彼がオートンの自由への切符だったとわかった。これは偶然なんかじゃない」

わたしはふたたびベッドから立ち上がり、着替えはじめた。

「これからなにをするつもり？」レイチェルが訊く。

「彼の家とラボとやらに出向いて、調べてくる」わたしは言った。

「ひとりでやっちゃだめよ、ジャック」

「やらないよ。エミリーに電話する」

「いえ、あたしを連れていって。いきたい」

わたしはレイチェルを見た。

「えーっと……」

「もしその男がそこにいれば、どういう人間か読み取るのにあたしが力を貸せる」

レイチェルにそれができるとわかっていた。だが、彼女を記事に直接引きこめば、エミリー・アトウォーターとうまくいかなくなるだろう。あるいはマイロン・レヴィンと。

「さあ、ジャック」レイチェルは言った。「まえにもふたりでやったよね」

わたしはうなずいた。

「じゃあ、着替えてくれ」わたしは言った。「こいつが仕事に出かけるまえに捕まえよう。そのあとでコーヒーを飲めばいい」

# 26

四十分後、われわれはハモンドが自分のラボの所在地としてFTCに届け出ている住所の通りにやってきていた。エミリーがグーグルマップで判断したようにそこは住宅地だった。

「まず通りすぎて確認してみよう」わたしは言った。「少し土地勘をつかもう」

われわれはこれといって特徴のない二階建ての家のまえをゆっくり通りすぎた。二台分の車庫があり、ドライブウェイにBMWのSUVが停《と》まっていた。

「BMWが車庫に入っていないのは、ちょっと変ね」レイチェルは言った。

「少なくともだれかがおそらく家にいることを意味している」わたしは言った。

「待って、ジャック、玄関のドアがあいていたと思う」

「ひょっとしたらハモンドが出かけるところかもしれない。Uターンする」

わたしは近隣住民のドライブウェイを利用して方向転換をおこない、ハモンドの家まで戻った。その家のドライブウェイに入り、ＢＭＷのうしろに停車した。新聞記者の技だ。厳しい質問をぶつけた際にハモンドが車に飛び乗って逃げるのを難しくさせる。

われわれは車を降り、わたしはレイチェルがＢＭＷのボンネットの前を通りすぎるとき、そこに手を置くのを見た。

「まだ温かい」レイチェルは言った。

玄関のドアに近づく。葉の茂った鉢植えが入り口の両側に門番よろしく立っている小ぶりなフロントポーチによって、通りからドアは部分的に隠されていた。

レイチェルの観察結果はすぐに確認された。ドアは三十センチほどあいていた。その向こうの玄関は暗かった。

ドア枠には呼び鈴用の光っているボタンがあった。わたしが近づいてそのボタンを押したところ、大きなもの寂しい銅鑼《どら》の音が家のなかで鳴り響いた。待ったものの、だれも現れなかった。レイチェルが袖を下ろして手を覆い、ドアをそっとさらに押しあけた。そののち、家のなかを異なる角度で覗《のぞ》こうとして、わたしのうしろで斜めに動いた。小さな玄関エリアがあり、われわれの真正面に一枚の壁があって、左右の廊下につながっているアーチ付きの入り口があった。

「あのー」わたしは声を張り上げた。「ハモンドさん？　どなたかおられませんか？」

「なにかおかしい」レイチェルが声を潜めて言った。

「どうしてわかる？」

「感じるの」

わたしは呼び鈴をふたたび鳴らした。今回は繰り返し押した。だが、もの悲しい銅鑼の音が鳴り響くだけだった。わたしはレイチェルのほうを振り返り見た。

「どうしたらいい？」わたしは訊いた。

「なかに入る」レイチェルは言った。「なにかおかしい。車のエンジンは温かい、ドアがあいている、だれも応えない」

「ああ、だけど、われわれは警官じゃない。警察に通報すべきだ」

「あたしはそれでかまわないけど、もしそれがあなたのやりたいやり方なら。だけど、警官がここをロックダウンしたら、あなたの記事にサヨナラだよ」

わたしはうなずいた。いい指摘だ。もう一度、わたしは家のなかに向かって大声で叫ぶことで時間を稼いだ。

だれも呼びかけに応えず、だれもやってこなかった。

「なにかおかしい」レイチェルは繰り返した。「調べる必要がある。ひょっとしたら助けを必要としている人がいるかも」

その最後の部分はわたしのために言われたもので、いったんわれわれが家のなかに入ったあとでまずい事態が生じた場合、のちのち利用できる言い訳になった。

「わかった」わたしは言った。「先導してくれ」

レイチェルはわたしが言い終わらぬうちにわたしの横を通りすぎていった。

「ポケットに両手を入れて」レイチェルは言った。

「なんだって？」わたしは訊いた。

「指紋を残さないの」

「了解」

わたしはレイチェルにつづいて右側の廊下に入った。その先はリビングで、現代的なスタイルの設え《しつら》になっており、独立したガラスパネルで保護された暖炉の上には、ウォーホルが描いたフォルクスワーゲン・ビートルの版画が飾られていた。マルーン色のカウチとセットになった二脚の椅子のあいだにあるテーブルには、LAの大富豪ブロード夫妻の個人美術館〈ザ・ブロード〉のカタログである『ブロード・コレクション』と呼ばれている分厚い本が載っていた。争いの痕跡やおかしなところは見当たらない。一度も使われていない部屋のように見えた。

「正しい家にいるの?」レイチェルが訊いた。

「ああ、住所は確認した」わたしは言った。「なぜだい?」

「ロス市警は思っていたよりずっとたくさんDNA技師に給料を払っているにちがいない」

「加えて、オレンジ・ナノ研究所からDNAを購入するのも、安くないはず」

次にわれわれはアイランド・カウンター付きの現代的なキッチンを通り抜けた。そのカウンターで、プールに面した広いTV室をわけていた。どこにもおかしなところはなかった。

冷蔵庫に磁石で留められているのは、安いコピー機で印刷されたカラー写真で、裸の女性が口にボールギャグを咥《くわ》えているところが写っていた。

「すてきな冷蔵庫アートだ」わたしは言った。

「二階も調べないと」レイチェルが言った。

引き返して別の廊下を通ると階段が見つかった。

二階には寝室が三部屋あったが、使われているようなのは一部屋だけだった――ベッドはメイクされておらず、その隣に汚れた服が積み重ねられていた。三部屋をすばやく調べてみたが、だれも見つからず、トラブルの兆候もなかった。

われわれは一階に戻った。こちらの廊下の突き当たりに閉ざされたドアが二枚あった。レイチェルは袖で覆った手でそれらのドアをあけた。最初のドアは、洗濯室に通じていた。そこにはなにもなかった。二番目のドアは車庫に通じており、そこでわれわれはハモンドのラボを発見した。

そしてそこにオレンジ色の工業用電源コードで作られた首吊《くびつ》り縄からぶら下がっているハモンドも発見した。

「クソ」わたしは言った。

「なにも触らないで」レイチェルが言った。

「ポケットに両手を入れている。わかってる」

「けっこう」

だが、わたしは携帯電話をつかんで、ポケットから片方の手を抜いた。キーボードを呼びだして、９・１・１と入力した。

「なにをするつもり？」レイチェルが訊いた。

「通報するんだ」わたしは言った。

「いえ、まだだめ」

「どういう意味だ？　警察に通報しなきゃならない」

「ちょっとだけ逸《はや》る気持ちを抑えて。ここになにがあるのか確かめてみましょう」

「大梁《おおばり》からぶら下がっている死んだ男がいる」

「わかってる、わかってる」

レイチェルはそれ以上なにも言わず、死体に近づいていった。死体の下には横に蹴り倒された木の椅子があった。死体はマーシャル・ハモンドなんだろう、とわたしは推測した。

死体はレイチェルのまえにまったく動かずにぶら下がっていた。

「これを記録して」レイチェルが言った。

わたしは携帯の電話アプリからカメラ・アプリに切り換えて、録画をはじめた。

「録画している」わたしは言った。「どうぞ」

レイチェルは死体のまわりをぐるっと一周してから口をひらいた。

「家のまえにある車は、彼のものだと思われる」レイチェルは言った。「ということは、彼はどこかへ出かけ、帰宅し、そのあとここに来て、あの延長コードを梁《はり》にかけたものと推定することになる」

車庫は吹き抜け天井になっており、上に収納用の横板が張られている箇所が一部にあった。中央の支持梁が、ハモンドの絞首台として利用されていた。

死体は車庫ラボのコンクリートの床から六十センチほどの高さで宙ぶらりんになっていた。レイチェルは死体に触ることなくゆっくりとそのまわりを動きつづけた。

「爪に損傷はない」レイチェルは言った。

「本来はあるんだろうか？」わたしが訊いた。

「考え直すの。人は最後の瞬間に心変わりし、縄に爪を立てることがよくある。そうして爪を割ってしまう」

「なるほど。その話は知ってた気がする」

「しかし、両方の手首にかすかな擦り傷がある。死亡時もしくはその直前に縛られていたんだと思う」

レイチェルはまわりを見渡し、ゴム手袋を入れている厚紙製のディスペンサーを目にした。DNA処理のあいだハモンドが使っていたものである可能性が高かった。レイチェルはそのゴム手袋を片方の手にはめ、その手を使って、首吊りの際に蹴り倒された椅子を立たせた。

レイチェルは首吊り縄と死んだ男の首をもっと近くで見られるように椅子に乗った。彼女は長いあいだ首を吟味していたが、やがてわたしにそのディスペンサーからゴム手袋を取って、はめるようにと命じた。

「えーっと、なぜだい？」

「なぜならこの椅子をぐらつかないように押さえてもらいたいから」

「なぜ？」

「さっさとやって、ジャック」

わたしは自分の携帯電話をテーブルに置き、ゴム手袋をはめた。椅子のところに戻り、しっかり支えた。するとレイチェルは肘掛けの部分に上がり、縄と、死んだ男の首のうしろにある結び目を上から見られるようになった。

「これは違うな」レイチェルは言った。

「梯子《はしご》をさがしてこようか？」わたしは訊いた。

「いえ、いまのはそんな話じゃないの。この男性の首は折れているけど、こんなことにはならないと思う」

「こんなことにならないというのはどういう意味だい？　首を吊ったら、こうなるんだと思っていた」

「いえ、首を吊っての自殺の場合は、それほどよく起こることじゃない」

レイチェルは手袋をはめていないほうの手をわたしの頭頂部に置いて、体を支え、椅子の肘掛け部分から降りた。椅子から降りると、それを横に倒し、われわれが車庫に入ってきたときとおなじ状態に戻した。

「首が折れるには、かなりの高さから落ちる必要がある。たいていの首吊り自殺は、基本的に首が絞まることによって死ぬの。折れた首が出てくるのは、絞首刑の時代。なぜなら、落とし戸から落ちて、三メートルから五メートル近く落下し、その衝撃で首が折れ、即死するの。〝おれの絞首台を高く作れ〟というフレーズを聞いたことない？ 本か映画の題名だったと思う（ジェフリー・ホームズの一九四六年の長篇。一九四七年にロバート・ミッチャム、カーク・ダグラス等の出演で映画化。TV放映時の邦題『過去を逃れて』）。だれがそれを言ったにせよ、すばやく終わってほしかったのね」

わたしは片手を上げ、死んだ男を指さした。

「わかった、それで、どうやってこの男は首を折ったんだ？」

「まあ、そこがポイントね。まず先に死んで、それから自殺にみせかけようとして吊《つる》されたんだと思う」

「ということは、何者かが彼の首を折り、それから吊し……」

そのとき、ピンと来るものがあった――何者かが四件のAOD被害者とおなじように首を折ったんだ。

「ああ、よしてくれ」わたしは言った。「ここでなにが起こってるんだ？」

「わからないけど、このラボにあるなにかが色々説明するのに役立ってくれるはず。

調べて。急がないと」

われわれはさがしまわったが、なにも見つからなかった。デスクトップ・コンピュータがあったが、親指の指紋でプロテクトがかかっていた。紙のファイルあるいはラボのノートもなかった。壁に取り付けられている二枚のホワイトボードは、書かれていたものが消されていた。ハモンドを梁から吊した人間がだれであれ――死んだ男がハモンドだとすればの話――オレンジ・ナノ研究所から購入した女性のDNAに対してやっていたことをきれいに消去していた。

DNA検体と思《おぼ》しきものが入っている試験管のラックを収めている冷蔵庫があった。わたしはスロットから一本抜き取り、口にはまったゴム栓に貼られたテープの活字を読んだ。

「これはGT23社から届いたものだ」わたしは言った。「試験管のここに書いてある」

「驚かないな」レイチェルは言った。

「ここにはほかになにもない」わたしは言った。「死んだ男がいる。それだけだ」

「まだ家のなかを調べなきゃ」レイチェルは言った。

「時間がない。ここから出ないとだめだ。これをやったのが何者であれ、一晩じゅうかけて家捜しをしたんだろう。ここにあったものがなんであれ、消えてしまった。たぶん、おれの記事も消えてしまったんだろう」

「もはやあなたの記事がどうとかじゃない、ジャック。これはあなたの記事よりも大きいことなの。プリンターを調べて」

レイチェルはわたしの背後を指さした。わたしは振り返り、部屋の隅にあるプリンターに向かった。トレイは空だった。

「なにもここにはない」わたしは言った。

「最後のジョブを印刷できる」レイチェルは言った。

レイチェルは近づいてきて、プリンターを見た。片方の手袋をはめたまま、プリンターのコントロール画面にあるメニューボタンを押す。

「ほとんど知られていない事実」レイチェルは言った。「現代のほぼすべてのプリンターはメモリーから印刷できるの。コンピュータからジョブを送ると、それがプリンターの一時記憶《バッファア・メモリー》に送りこまれて印刷を開始する。つまり、新しいジョブが来るまで最後のジョブはメモリーのなかにあるという意味」

レイチェルは〝デバイス・オプション〟というタブをクリックし、〝メモリーを印刷する〟オプションを選んだ。

プリンターはすぐに稼働音を立て、まもなく用紙に印刷をはじめた。

われわれはふたりとも立って見ていた。最後のジョブは大きなものだった。何ページもトレイに滑り出てくる。

「問題は、だれがこれを印刷したかということ」レイチェルは言った。「この人、それとも彼を殺した人間？」

ようやく印刷が止まった。少なくとも五十ページはトレイに入っていた。わたしはその束をつかむ動きをしなかった。

「どうしたの？」レイチェルが訊いた。「プリントアウトを取りなさい」

「いや、きみに取ってもらわないと」わたしは言った。

「いったいなにを言ってるの？」

「おれは記者だ。だれか死んだ人間の家に侵入して、コンピュータからプリントアウトを持っていったりできない。だけど、きみならできる。きみはおれとおなじ行動規準に従って生きる必要がない」

「どのみち、これは犯罪行為であり、それはあなたのジャーナリストとしての倫理を踏みにじっている」

「そうかもしれない。だけど、それでもやはり、きみがプリントアウトを取って、こちらの情報源としておれに渡す。それならば、記事のなかで利用できる――盗まれた

ことおなじようになったときとおなじようになって
ものであろうとなかろうと」

「以前にふたりでやって、あたしが仕事を失うはめになったときとおなじようにって
こと？」

「なあ、そのプリントアウトを取ってくれないか。その件はあとで話せる。警察に通
報するか、あるいはここから出ていくか、どちらかをしたいんだ」
「わかった、わかった。だけど、これであたしもこの事件に参加できるね」
レイチェルはトレイから分厚い書類の束を掬《すく》い上《あ》げた。
「これは事件じゃない」わたしは言った。「これは記事だ」
「言ったでしょ、もうそれだけじゃすまないの」レイチェルは言った。「そしてあた
しは完全になかに入った」
「けっこう。ずらかるか、通報するか、どっちだ？」
「あなたの車は少なくとも半時間はあそこに停まっていた。近所の人に目撃されてい
る可能性が高いし、そうでなくとも、どの家にも防犯カメラがあるでしょう。リスク
が高すぎる。この書類を確保し、通報しましょう」
「で、警察に全部話すのかい？」
「わたしたちは全部を知ってるわけじゃない。この事件はバーバンク市警の担当にな

るでしょう。LAじゃないから。だから、彼らは点をほかの殺人事件と結びつけはしない。最初はね。DNAデータ保護の調査をしているというもともとの作り話を披露して、跳ね回るボールを追いかけたら、この人物とこのラボにたどり着き、ここに至ったと話せばいいんじゃない」

「じゃあ、きみのことはどう説明する？」

「あたしはあなたのガールフレンドで、ドライブに付いてきただけ」

「本気か？　おれのガールフレンド？」

「それについてもあとで話せばいい。このプリントアウトを隠す場所を見つけないと。もしバーバンク市警の人間が優秀なら、あなたの車を調べるでしょう」

「冗談だろ」

「もしあたしが呼ばれたならそうする」

「わかった。だけど、きみはほかのだれよりも優秀だ。見たとしてもそれがなんだかわからないくらいおれのジープの後部座席にはたくさんのファイルとそれ以外の屑《くず》書類を載せている」

「ご自由に」

レイチェルはわたしに書類束を手渡した。

「では、あなたの情報源として」レイチェルは言った。「あたしは正規にこれをあなたに渡します」

わたしは束を受け取った。

「ありがとう、情報源さん」わたしは言った。

「だけど、それはあたしのものであり、返してほしいという意味だからね」レイチェルは言った。

## 27

わたしのジープの後部座席を専有している屑書類のなかにプリントアウトを紛れこませてから、携帯電話で911通報し、バーバンク市警に死体を発見したと伝えた。十分後、一台のパトカーが一台の救急車とともに到着した。わたしはレイチェルをジープに残し、外に降りた。運転免許証とプレスパスをケニヨンという名の巡査に示してから、救急車と救命士は必要ないだろうと請け合った。

「死亡通報にはかならず出動するんです」ケニヨンは言った。「万が一の場合に備えて。あなたは家のなかに入りましたか?」

「はい、通信指令係にそう伝えました」わたしは言った。「ドアがあいており、どこかおかしかった。声をかけ、呼び鈴を鳴らしたのに、だれも応答しなかった。それでなかに入り、見てまわり、ハモンドの名前を呼びつづけ、最終的に死体を発見したんです」

「ハモンドとはだれですか？」

「マーシャル・ハモンド。彼はここに住んでいます。あるいはここに住んでいました。もちろん、死体の身元確認をする必要があるでしょうが、あの死体はハモンドだと確信しています」

「ジープのなかの女性はどうなんです？　彼女もなかに入りましたか？」

「はい」

「彼女とも話をする必要があります」

「わかっています。彼女もわかっています」

「刑事に本件を扱ってもらいます」

「どの刑事です？」

「死亡事件にはすべて彼らが割り当てられるんです」

「どれくらいわたしは待たないとならないんでしょう？」

「すぐに来ますよ。あなたの話を整理しましょう。あなたはなぜここにいるんですか？」

わたしは巡査に正直なヴァージョンの説明をした——遺伝子分析会社に送られたDNA検体のセキュリティに関する記事の取材を進めており、マーシャル・ハモンドの話を聞きたくなった。なぜなら、ハモンドは民間ラボを運営していると同時に法執行機関にも片足を置いていたからだ、以上。それは嘘《うそ》ではなかった。たんに完全な説明ではないだけだった。ケニヨンはわたしが話しているあいだ、いくつかメモを取っていた。わたしは何気なくジープに視線を送り、巡査と話しているこの様子をレイチェルが見ているかどうか確認した。レイチェルは視線を下に向け、なにかを読んでいるようだった。

覆面パトカーが現場に到着し、スーツを着たふたりの男が現れた。刑事だ。ふたりは短く話し合うと、ひとりが家の玄関ドアのほうに向かい、もうひとりがわたしに近づいてきた。彼は四十代なかばの白人で、軍人のような雰囲気をかもしていた。シンプスン刑事だと名乗ったが、ファーストネームは言わなかった。シンプスンは、ここから引き継ぐからEOWのまえに通報に関する書類を提出するように、とケニヨンに言った。EOWというのは、シフト終わり《エンド・オブ・ウオッチ》のことだ、とわたしにもはっきりわかった。

「ジャック・マカヴォイ――わたしはどうしてこの名前を知っているんだろう？」シンプスンが訊いた。

「さあ」わたしは言った。「バーバンクではあまり仕事をしていないんですが」

「いずれわかるさ。まず、あなたがきょうここに来て、あの家のなかで今回の死体を発見することになった理由を話してもらうことからはじめようか？」

「それは全部いまケニヨン巡査に話しましたよ」

「わかってる。そしていまはわたしに話してもらわないといけない」

わたしはシンプスンにおなじ話をしたが、シンプスンは頻繁に話をさえぎり、わたしがなにをしたのか、なにを見たのかという細部を訊《たず》ねる質問をはさんできた。うまく対処できたと思うが、シンプスンが刑事であり、ケニヨンがパトロール警官である理由があるのだった。シンプスンはなにを訊ねればいいのかわかっており、しばらくするとわたしは自分が警察に嘘をついているのに気づいた。記者としてはよいことではない――それに関して言うなら、だれにとってもよいことではない。

「あなたは家からなにかを取りましたか？」シンプスンは訊いた。

「いいえ、なぜわたしがそんなことをするんです？」わたしは言った。

「答えるのはあなただ。あなたが取材しているという記事ですが、マーシャル・ハモンドに関係するなんらかの不正行為を調べていたのですか？」

「記事の細部をすべて明らかにする必要があるとは思いませんが、捜査に協力はしたいと考えています。ですから、その答えはノーだと言いましょう。ハモンドがＤＮＡ

検体とデータの準大手の買い手であること以外にハモンドについてほとんど知らないんです。それだけのことですが、それがわたしに彼に対する興味を抱かせたんです」

わたしは家のほうを指し示した。

「つまり、彼は自宅の車庫でDNAラボを運営していました」わたしは言った。「それはわたしにはとても興味深いことだったんです」

シンプスンはすべてのすぐれた刑事がすることをした――質問を筋道の立った形ではおこなわず、それによって会話は行き当たりばったりに、脈絡を失ったように思えるものになる。

だが、実際には、シンプスンはわたしをリラックスさせないように努めていた。わたしがなにか思わぬことを口にしたり、矛盾する回答をしたりするかどうか確かめたいと考えていたのだ。

「あなたのサイドピースはどうです？」シンプスンは訊いた。

「サイドピース？」わたしは問い返した。

「車に乗っている女性です。彼女はここでなにをしているんです？」

「彼女はときどき仕事を手伝ってくれている私立探偵です。わたしのガールフレンドのようなものでもあります」

「ようなもの？」

「その、わかるでしょ、わたしは……色々、確信が持てなくて。でも、それはなんの関係も——」

「あなたはあの家からなにを取りましたか？」

「言ったでしょ、なにも取っていないと。われわれは死体を発見し、警察に通報した。それだけです」

「われわれは死体を発見した？　ということは、あなたのガールフレンドは最初からいっしょになかに入ったんですね？」

「ええ、わたしはそう言いました」

「いいえ、あなたは死体を発見したあとで彼女をなかに呼び寄せたということを示唆していました」

「もしわたしがそうしたというのなら、わたしが間違ったんです。われわれはいっしょになかに入りました」

「いいでしょう、ここにじっとしていてくれませんか。わたしは彼女と話してきます」

「けっこうです。どうぞ」

「あなたの車を見てまわってもかまいませんか？」

「どうぞ、もしそうしなければならないのなら、やって下さい」

「ということは、車の捜索の許可を与えてくれるのですね？」

「あなたは見てまわると言いました。それはかまいません。もし捜索というのが押収を意味するのなら、答えはノーです。動きまわるのに車が必要です」

「なぜ車を押収したいとわれわれが思うのでしょう？」

「知りませんよ。車のなかにはなにもありません。あなたたちに連絡したのを本気で後悔させるんですね。正しいことをしたのに、こんな目に遭う」

「こんなとは？」

「理不尽な訊問《じんもん》のことだ。わたしはここでなにも間違ったことをしていない。そっちは家にも入らず、まるでわたしがなにか間違ったことをしたかのようにふるまっている」

「あなたのガールフレンドのようなものに話を聞きにいってるあいだ、ここにいて下さい」

「ほらな、それがさっきから言ってることだ。あんたの口調は、最低だ」

「ここの用が済めば、わたしの口調について市警に苦情を申立てる方法をご説明しますよ」

「苦情なんて申立てたくない。仕事に戻れるようここの用を終えたいだけだ」

シンプスンはその場にわたしを残して立ち去り、わたしは通りに突っ立って、彼がレイチェルに事情聴取する様子を眺めた。彼女はジープから降りていた。ふたりのやりとりを耳にして、レイチェルがわたしとおなじ話をシンプスンに伝えているのを確認するには、離れすぎていた。だが、シンプスンと話しているあいだ、レイチェルがハモンドのラボのプリントアウトの束を手にしているのを見たときには、心拍数が跳ね上がった。ある時点で、レイチェルはその束を使って、家のほうを指し示した。その書類をどこで見つけたのか刑事に説明しているのだろうかと思わざるをえなかった。

だが、もうひとりの刑事が家の玄関ドアから出てきて、パートナーに打合せを求める合図をすると、シンプスンとレイチェルのあいだの会話は終了した。シンプスンはレイチェルから離れ、声を押し殺してパートナーに話しかけた。わたしはぶらぶらとレイチェルのほうに歩いていった。

「いったいなんだ、レイチェル？　きみはあれを連中に渡すつもりなのか？」

「いいえ、だけど、あなたが彼に車の捜索許可を与えようとしているなとわかった。

わたしは自分の依頼人に対して守秘義務があるので、これは仕事に使っている資料であり、彼らがおこなうかもしれない捜索の対象ではないと答える用意をしていたの。幸いなことに、彼は要求しなかった」

それがラボの書類の在処《ありか》を守るための最上の方法かどうか、わたしには確信が持てなかった。

「ここから出ていかないと」わたしは言った。

「もし出ていけるなら、すぐにわかるでしょう」レイチェルは言った。

振り返るとシンプスンがこちらに歩いてくるのが見えた。この事件は殺人事件として捜査されることになり、わたしの車は押収され、レイチェルとわたしはさらなる聴取のため署に連行されることになるだろう、と言われる心構えをした。

だが、シンプスンはそんなことを言わなかった。

「オーケイ、おふたりのご協力に感謝します」シンプスンは言った。「あなたがたの連絡先情報をいただいていますので、ほかになにか必要になった場合に連絡させてもらいます」

「じゃあ、出ていけるんですね？」わたしは訊いた。

「出ていけますよ」シンプスンは言った。

「あの死体はどうだったんです？」レイチェルが訊いた。「自殺ですか？」

「ええ、そのようです」シンプスンは言った。「わたしのパートナーが確認しました。通報に感謝します」

「わかりました、では」わたしは言った。

わたしはジープのほうに向いた。レイチェルも同様にした。

「あなたが何者か思いだしましたよ」シンプスンが言った。

わたしは彼を振り返った。

「なんです？」わたしは訊いた。

「あなたが何者なのか思いだしたんです」シンプスンは繰り返した。「数年まえ、〈案山子《スケアクロウ》〉事件のことを読んだんです。あるいは、ひょっとしたらニュース番組のデイトラインで見たのかな。すごい話でした」

「ありがとう」わたしは言った。

レイチェルとわたしはジープに乗りこみ、走り去った。

「あの男はおれが言った言葉をひとつも信じなかった」わたしは言った。

「あなたに二発目を打ってくるかもしれない」レイチェルが言った。

「どういう意味かな？」

「まず第一に、彼のパートナーは、あれを自殺として署名して片づけるほどの馬鹿。だけど、検屍官《けんしかん》がたぶん間違いを正して、殺人事件に変わると思う。そうなったら、彼らはまたあたしたちのところに戻ってくる」

その話はあらたな恐怖をこの瞬間に付け足した。わたしは下を向き、レイチェルの膝の上に置かれたプリントアウトを見た。聴取を受けている最中にジープのなかのレイチェルを見て、彼女が下を向いていたのを思いだした。すでにこれを読んでいたのだ。

「そこになにかいいものはあったかい？」わたしは訊いた。

「あったと思う」レイチェルは言った。「絵がどんどん鮮明になってきた気がする。だけど、読み進める必要がある。あなたが約束してくれたコーヒーを手に入れにいきましょう」

28

わたしは会議室でマイロン・レヴィンとエミリー・アトウォーターと同席していた。編集室と隔てる窓からレイチェルがわたしの間仕切り区画に座って、呼びこまれるのを待っているのが見えた。わたしのコンピュータを使いたいと言っていたので、まだ調べているのだろうとわかった。記事に彼女を巻きこむのを避けようとはしていたのだけれど。レイチェルが会議に入ってくるまえにマイロンとエミリーに事情を説明するのがベストだとわたしは考えた。

「おれの本を読むか、おれのことをある程度知っているなら、レイチェルが何者か知っていると思う」わたしは言った。「おれのキャリアのなかでの最大級の記事で協力してくれた。彼女はおれがビロードの棺桶にいた時分、身を挺《てい》しておれを守ってくれ、それによってFBI捜査官としての職を失った」

「棺桶も閉鎖されたんじゃなかったか」マイロンが言った。

「それはちょっと単純化がすぎると思うが、ああ、そういうことも起こった」わたしは言った。「それには彼女はなんの関係もない」

「で、あなたは彼女を記事に加わらせたいんだ」エミリーが言った。「わたしたちの記事に」

「彼女が持っているものを聞いたら、われわれに選択肢はないとわかる」わたしは言った。「それから思いだしてほしい、これはわれわれの記事であるまえは、おれの記事だったことを」

「あら、まあ、そうじゃないと言ったのに一日も経《た》たないうちに前言撤回するんだ」エミリーが反駁《はんばく》した。

「エミリー」マイロンが穏やかに進めようとして、言った。

「いえ、ほんとなんです」エミリーは言った。「この記事の取材でわたしが大きな成果を挙げたのに、この人はわたしが持ってきたものを奪って、単独行動をしたがるんです」

「いや、ちがう」わたしは主張した。「いまでもわれわれの記事だ。いまも言ったようにレイチェルが記事を書くことにはならない。彼女が記事の執筆者として名前を連ねることはない。彼女は情報源なんだ、エミリー。マーシャル・ハモンドに関して、われわれが必要とする情報を持っている」

「マーシャル・ハモンドからわたしたちが直接入手したらいいんじゃない？」エミリーが訊いた。「つまり、わたしたちは記者だと思ってるんだけど」

「それはできないんだ、彼が死んでるから」わたしは言った。「ハモンドは今朝殺された……レイチェルとおれが死体を発見したんだ」

「わたしをからかってるの？」エミリーが言った。

「なんだと？」マイロンが叫んだ。

「もしもう少し早くハモンドの家に到着していたら、われわれはたぶん殺人犯と鉢合わせしていただろう」わたしは言った。

「出し惜しみをするやり方だな」マイロンが言った。「なぜ端からそれを話さなかったんだ？」

「なぜなら、いまこうして話せば、レイチェルがこの件でどうしてそれほど重要なのか理解してもらえるだろうからだ。なにが起こったのか話させてほしい。そのあとで、レイチェルが彼女の発見したものについて、また、われわれの現状について説明する」

「彼女を呼びにいってくれ」マイロンが言った。「連れてくるんだ」

わたしは立ち上がり、会議室を離れ、自分の間仕切り区画に歩いていった。

「オーケイ、レイチェル、彼らの用意が整った」わたしは言った。「なかに入り、われわれが手に入れたものを話してくれ」

「計画どおりね」

レイチェルは立ち上がり、机の上に広げた書類をかき集めはじめた。蓋をあけたノートパソコンの下に書類を置いて運ぶ。われわれに見せるつもりのなにかがその画面に映っていることを示していた。

「なにか見つけたのか？」わたしは訊いた。

「たくさん見つけた」レイチェルは言った。「これを警察か捜査局に示すべきだという気がしている。ウェブサイトの編集長にではなく」

「言っただろ、まだだって」わたしは言った。「いったん記事にして掲載すれば、好きな相手に渡していい」

わたしは会議室のドアをあけながら、振り向いて、レイチェルを見た。

「ショータイムだ」わたしは囁《ささや》いた。

マイロンがエミリーの隣にある椅子に移動して、ふたりはテーブルの片側に並んでいた。レイチェルとわたしはふたりと向かい合う形で座った。

「こちらはレイチェル・ウォリング」わたしは言った。「レイチェル、こちらがマイロン・レヴィンとエミリー・アトウォーターだ。では、けさ起こったことからはじめよう」

わたしはウイリアム・オートンとマーシャル・ハモンドの関係をたまたま発見した次第について、そしてハモンドの自宅にいき、車庫のラボの大梁からぶら下がっている本人を発見した次第について、話しはじめた。

「で、それは自殺なのか？」マイロンが訊いた。

「まあ、警察がそう考えているのはきわめて明白だった」わたしは言った。「だけど、レイチェルは別の考えを持っている」

「彼の首は折れていました」レイチェルが言った。「ですが、あたしの見積もりでは、彼が落ちたのは三十センチほどの高さでした。ハモンドは大柄でも体重の多い人間でもありません。その手の落下で首が折れるとは思えず、ここでみなさんが調べている事件のなかで繰り返し起こっている状況と似ていることから、少なくとも、不審死である、と言っておきましょう」

「警察が自殺だと言ったとき、きみはその見解を警察に伝えたのか？」マイロンが言った。

「いいえ」わたしが答えた。「彼らはわれわれが考えていることに興味がなかった」

わたしはレイチェルを見た。死の細部から先へ話を進めたかった。レイチェルはそのメッセージを受け取った。

「ハモンドの折れた首が唯一の不審の理由じゃありません」レイチェルは言った。

「ほかになにがあるんだね？」マイロンが訊く。

「ラボから回収した書類が明らかにしているのは――」

「回収した？　それは正確にどういう意味なのかな？」

「いい、殺人犯はハモンドを殺すまえ、あるいは殺したあとのいずれかで、彼のラボで長い時間を過ごしたと思っています。犯人はラボの業務の多くの記録を保存しているデスクトップ・コンピュータをハッキングしました。その記録をプリントアウトしたんです。ですが、プリンターのメモリーには犯人が印刷した最後の五十三ページが保存されていました。あたしがそのページを印刷し、それをずっと調べていたんです。現在、われわれはあのラボのかなりの量の書類を有しているんです」

「きみが盗んだのか？」

「あたしが取りました。それが窃盗行為というのであれば、殺人犯から盗んだと主張します。彼がそれを印刷した人間なので」

「ああ、だが、きみはそれが実際に起こったことだと確実にわかりはしないだろう。そんなことをしてはならないんだ」

この会議にいどむにあたって、ここが倫理的問題と、潜在的にわたしのキャリアのなかで最高かつ最重要な記事が衝突する場所になるだろうとわかっていた。

「マイロン、プリントアウトからなにを学べたのか知ってもらわないと」

「いや、わたしはその必要はない」マイロンは言った。「うちの記者に書類を盗ませることはできない。たとえそれが記事にとってどれほど重要なものであっても」

「うちの記者は盗んでいない」わたしは言った。「おれはそれを情報源から入手したんだ。彼女から」

わたしはレイチェルを指し示した。

「そんな詭弁《きべん》は通用せん」マイロンは言った。

「ペンタゴン文書を掲載したときニューヨーク・タイムズにはそれが通用したじゃないか」わたしは言った。「あれは情報源から夕イムズに渡された盗まれた文書だった」

「あれはペンタゴン文書だった」マイロンは言った。「まったく異なる種類の記事の話をここではしているんだ」

「おれに言わせれば、そうじゃない」わたしは言った。

それが弱い返答だとわかっていた。別の方向から説得を試みる。

「いいかい、われわれはこれを報道する義務がある」わたしは言った。「この書類は、DNAを用いて、被害者の身元を突き止め、捕捉する殺人犯が存在していることを明らかにしているんだ。自分たちのDNAとアイデンティティが安全だと思っている無防備な女性たちを。このようなことは前例がなく、市民はそれを知る必要がある」

その発言によって一瞬沈黙が生じたが、エミリーが助け船を出してくれた。

「賛成します」エミリーは言った。「その書類の譲渡は、法的に有効です。彼女は情報源であり、わたしたちは彼女の知っていることを公表する必要があります――たとえ彼女がその書類を所持するにいたった方法が……不明朗なものであったとしても」

わたしはエミリーを見て、うなずいた。不明朗というのは、自分だったら使わない言葉だったとはいえ。

「わたしはまだなにも賛成していないぞ」マイロンが言った。「だが、きみたちが手に入れたものをまず聞かせるか、見せるかしてくれ」

わたしはレイチェルのほうを向いて、うなずいた。

「プリントアウトを全部読んだわけじゃありません」レイチェルは言った。「ですが、たくさんありますよ。まず真っ先に、ハモンドはとても怒りっぽい男でした。それどころか、彼はインセルだったんです。それがなんのことか、みなさんご存知ですよね？」

「非自発的独身主義者《インヴォランタリー・セリバトウ》」エミリーが言った。「女性憎悪者。心底気持ち悪い連中」

レイチェルはうなずいた。「彼はあるネットワークの一員で、その怒りとその憎しみがこれを作らせたんです」

レイチェルはノートパソコンの画面をエミリーとマイロンに向けた。画面の横から手をまわしてキーボードを操作できるようにする。画面には、赤いログイン・ページが映っていた。

ダーティー4

そのページにはユーザー名とパスワードを入力する欄があった。

「この書類のなかで読んだものに基づいて、ハモンドのキーワードを導きだすことができました」レイチェルは言った。「彼のオンライン・ネームは、ザ・ハンマーです――それは由来が簡単にわかりますね――そしてパスワードとして、オンライン・インセル語彙集からキーワードをログイン欄に繰り返し入力しました。彼のパスワードは、Lubitzでした」

「この売女《ユー・ビッチ》？」エミリーが訊いた。

「いえ、Lubitzです」レイチェルは言った。「インセル運動の英雄の名前です。ドイツの航空会社のパイロットで、ヤリマンとスレイヤーが満載されているからと言って、意図的に飛行機を墜落させた人間なんです」

「スレイヤー？」マイロンが言った。

「ノーマルな性生活を送っているノーマルな男性のインセル流の呼び方です。ヤリチンというわけですね。彼らは女性を憎むのとほぼおなじくらいスレイヤーを憎んでいます。いずれにせよ、インセル運動のなかには、独自の語彙がたくさんあり、大半が女性嫌悪に関わるもので、それがダーティー4のようなオンライン・フォーラムでやりとりされているんです」

レイチェルはハモンドのユーザー名とパスワードを入力して、サイトに入った。

「いま、このダーク・ウェブに入りました」レイチェルは言った。「そしてここは招待制のサイトで、ＤＲＤ4、すなわち、ダーティー・フォーと呼ばれる特定の遺伝子型を持つ女性の身元を明らかにしているんです」

「それはなんだね？」マイロンが訊いた。「その遺伝子型はなにを決めているんだ？」

「一般的には依存性がある、危険な行動と関連していると思われている遺伝子配列です」レイチェルは言った。「そのなかにセックス依存症があります」

「ハモンドはオレンジ・ナノ研究所から女性のDNAだけを買ってたわ」エミリーが言った。「ハモンドは自分のラボでDRD4を持つ女性を特定していたにちがいない。DNAをGT23社に送った女性たちは、それがハモンドのような第三者に売られることになるとは知りもしなかったでしょう」

「そのとおり」レイチェルは言った。

「だけど、それは匿名じゃないのか？」マイロンが訊いた。

「そのはずでした」レイチェルは言った。「ですが、いったん検体がDRD4配列を持っていると突き止められると、ハモンドはその匿名性を覆すなんらかの手段を持っていたんです。彼は女性たちの身元を明らかにし、彼女たちのアイデンティティや詳細情報、住所をダーティー4のウェブサイトに載せたんです。そのプロフィールの一部には、携帯電話番号や自宅住所、写真が含まれていました――全部載せていたんです。ハモンドはそれを顧客に売っていました。購入客は、住所から女性をさがすことができたんです。もしあなたがダラスに住むそうした変態のひとりなら、ダラスにいる女性をさがすというように」

「それからなにが起こるんだ？」マイロンが訊いた。「彼らは出かけて、そうした女性たちを見つけるというのか？　わたしには――」

「そのとおり」わたしは言った。「クリスティナ・ポルトレロは、バーで気持ちの悪い男と会い、その男は本来知るはずのない自分に関する情報を色々知っていた、と友人にこぼしていました。デジタル的にストーキングされている、とクリスティナは思っていたんです」

「ダーティー4は、メンバーを優位に立たせたんです」レイチェルは言った。「ハモンドのDNA分析によって特定された女性たちは、不特定多数との性交依存や、薬物使用、アルコール依存やその他の危険な行動に関係していると思われている遺伝子構造を持っていた」

「見つかりやすい印」エミリーが言った。「ハモンドは顧客に相手が何者であり、どこにいけば見つかるか正確に伝えていた。そしてその顧客のひとりが殺人犯なんだ」

「そのとおり」レイチェルが言った。

「そして、われわれはハモンドを殺したのがおなじ顧客であったと考えている」わたしは付け加えた。

「プリントアウトによると、ハモンドには、この件のパートナーがいたようです」レイチェルが言った。「そしてそのふたりは、ダーティー4に載せている女性たちが次々と死んでいる——殺されていることになんらかの方法で気づいたんです。自分たちの購読者のデータベースを見て、死亡した女性たち全員の詳細情報を購入し、ダウンロードした人間が少なくともひとりいると突き止めたんでしょう。いまのところこれらはすべて推測の域を出ませんが、ふたりが犯人に警告したか、やめるように伝えたんだと思います」

「そしてそのせいでハモンドが殺された？」マイロンが訊いた。

「たぶん」レイチェルは言った。

「その顧客は何者なんだ？」マイロンが訊いた。

「百舌《モズ》」レイチェルは答えた。

「なんだって？」マイロンが問い返す。

「ダーク・ウェブなんです」レイチェルは言った。「人々は変名や独自のＩＤを使っています。このようなサイトから他人の名前をダウンロードする場合、自分の実名は使わず、クレジットカードで支払いはしません。偽名を使い、暗号通貨で取引します。死んだ四人の女性たち全員の名前をダウンロードしたとしてふたりが突き止めた顧客は、〝百舌〟という偽名で通っていました」

「それがなにを意味しているか、なにか考えはあるかね?」マイロンが訊いた。

「鳥です」エミリーが言った。「父がバードウォッチャーだったんです。百舌の話をしていたのを覚えています」

レイチェルはうなずいた。

「調べてみました」レイチェルは言った。「音もなく忍び寄り、うしろから攻撃し、嘴《くちばし》で獲物の首をつかむと、残酷にへし折るんです。自然界のもっともおそるべき捕食者のひとつとして考えられています」

「女性たち全員が首を折られていた」マイロンは言った。「そしてこのハモンドという男も」

「ほかにもあります」レイチェルは言った。「百舌はハモンドのコンピュータをハッキングしたか、生きているうちにあけさせたかもしれないとわれわれは考えています。そののち、印刷をはじめた。彼がプリンターに送った最後のジョブをわれわれは繰り返しました。それはすべての女性たちのIDが載っているファイルでした」

「どれくらい名前があったんだ?」マイロンが訊いた。

「数えていません」レイチェルは言った。「ですが、百かそこらはあるようです」

「われわれが知っている四人の被害者がそのプリントアウトに載っているかどうか確かめてみたのかい？」わたしが訊いた。

「調べたけど、彼女たちの名前はなかった」レイチェルは答えた。「彼女たちが死んだと確認されたときに抹消された可能性がある」

「ということは、百舌はハモンドを殺し、なにを持って逃げたんだ？」マイロンが訊いた。「潜在的被害者百人の名前か？」

その言葉によってこの話し合いに長い沈黙が降りた。

「もし犯人がすでに顧客であり、そのサイトを通しておなじ名前にアクセスできるなら、なぜ名前を印刷したんだろう？」マイロンが訊いた。

「たぶんそのサイトが閉鎖されるだろうと予想していたからじゃないでしょうか」レイチェルは言った。「犯人はジャックとエミリーのことを知っていたか、あるいは法執行機関が迫っていると考えていたかもしれません」

「だとすれば、グズグズしていられないわ」エミリーが言った。「うちがこれを伏せたままでは、女性たちをリスクにさらすことになります。公表しないと」

「まだ、記事の全体像が明らかになっていない」わたしが言った。

「そんなことどうでもいい」レイチェルは言った。「あなたたちは記事を書けばいいし、あたしはこれを捜査局に持っていきます」

「だめだ」わたしは言った。「言っただろ、それには――」

「確かに同意はした」レイチェルが言った。「だけど、それはプリントアウトの中身を見るまえの話。あたしは捜査局にいかねばならないし、捜査局は警察にいかねばならない。この殺人犯は全員の名前を手にしているの。彼女たちは保護されなければならない。待っていられない」

「彼女の言うとおりだ」マイロンは言った。

「うまくいくわ、ジャック」エミリーが言った。「FBIが捜査中である、と書ける。記事に即効的信憑性《しんぴょう》性が与えられる。FBIはうちに書かせてくれるわ」

わたしは、三人全員が言っていることが正しく、何十人もの女性の安全より記事を優先させることで自分がかなり悪い印象を与えてしまっていると悟った。レイチェルとエミリーの目に失望が浮かぶのが見えた。

「わかった」わたしは言った。「だけど、二点ある。捜査局であれ警官であれ、関係するどの機関であれ、必要なことはなんでもすればいいが、われわれが記事を公表するまで、記者会見あるいは発表はいっさいしないということを確約させたい」

「それにはどれくらいかかる？」レイチェルが訊いた。

わたしはマイロンを見てから、自分の頭に浮かんだ最初の数字を口にした。

「四十八時間だ」わたしは言った。

レイチェルはそれを検討し、うなずいた。

「その仕事はあたしがやれると思う」レイチェルは言った。「現実的には、こちらが渡すものを確認するのにそれぐらいかかるでしょう」

「マイロン、それでいいだろうか？」わたしは訊いた。「エミリー？」

ふたりはうなずいて賛成し、わたしはレイチェルを見た。

「それでいい」わたしは言った。

# 百舌

## 29

彼はフードコートの階の、手すりのそばにあるテーブルで待っていた。そこにいると、モールの北側にある二階の店舗が直接見下ろせた。妻が買い物しているのを待つあいだ、夫が座っている場所として設計された円形の長椅子があった。彼はヴォーゲルの容貌を知らなかった。ハモンドのパートナーは自分の画像や居場所をウェブに載せないようにしていた。そこは賞賛に値する。だが、ハッカーは、それだけでひとつのタイプだ。百舌を自称する男は、平日のモールの買い物客のなかでヴォーゲルを突き止められると期待していた。

百舌がこの場所を選んだ。自分が——ハモンドとして——すでにここに来る予定があったという理由を添えて、モールを待ち合わせ場所として提案した。やるつもりのことには理想の場所ではなかったが、ヴォーゲルにいかなる疑念も感じさせたくなかった。優先されるべきは、ヴォーゲルにやってこさせることだ。

カモフラージュとして目のまえにテイクアウトの食べ物がぎっしり載ったトレイを置いていた。テーブルの向かいにある椅子には、ギフト包装をした箱がふたつ入っている買い物袋を置いていたが、箱の中身は空だった。彼はハイリスクな行動をしようとしており、まわりに溶けこむことが重要だった。

食べ物にはまったく手をつけていなかった。注文したあとで、どれも胸の悪くなるようなにおいがすると思ったからだった。また、自分が手袋をはめているのをだれかに気づかれたなら関心を惹《ひ》くかもしれないと思っていた。そのため、両手は膝の上に置いていた。

下を見ると、ひとりの女性が長椅子に座っているのが見えた。彼女は近くのキディコーナーの遊び場にいる子どもたちのひとりを見ていた。ヴォーゲルである可能性のある人間がいる様子はなかった。

「なにか片づけていいですか？」

百舌は振り返ると、かたわらにテーブル清掃の人間がいるのに気づいた。

「いや、けっこうだ」百舌は言った。「まだ、食べている途中なんで」

清掃人が立ち去るのを待ってから、下の階を確認した。先ほどの女性は姿を消しており、ひとりの男が女性のいた場所に座っていた。男は三十代前半のように見えた。

ジーンズと薄手のセーターを着ていた。何気ない様子に見せながら、明確な意図を持って、まわりを確認しているようだった。サングラスをかけており、それが最終的な動かぬ証拠になった。ヴォーゲルだ。少し早めに来たが、それはかまわなかった。そのほうがすぐに待つのに飽きて、ランデブーに失敗したと思えば、ヴォーゲルは立ち去ろうとするだろう。

そのときこそ、百舌がヴォーゲルを追跡するときだった。

# JACK

30

チームで報道するどんな記事でも、だれが記事を書き、だれが書き手に事実を供給するのかを決める、やっかいな判断がつねにともなう。執筆の分担は、けっしてうまくいかない。コンピュータのまえに隣合って座ることはできない。書き手は、一般的に、記事のトーンと、情報を伝える方法をコントロールし、普通は、署名欄の最上位にも置かれる。これはわたしの記事であり、わたしが決めることだったが、エミリー・アトウォーターのほうが自分よりましな書き手であり、自分のほうが取材力が高いとわかるくらいの分別はわたしにあった。エミリーはわたしとは異なり、言葉の使い方がうまかった。わたしが出版した二冊の本は、かなり編集の手が入れられ、再構成され、書き直されていることを、わたしは最初に認めよう。編集者たちに賞賛を。けれども印税の小切手は、いまもわたしに届いている。

エミリーは無駄な表現をしない書き手であり、削ればよりよくなるという一派の信奉者だった。短い文章を重ねることで記事の内容に勢いを与えており、わたしはそれに気づいていないわけではなかった。また、署名欄の頭に彼女の名前を持ってきても、わたしの印象が悪くはならないとわかっていた。アルファベット順であるため、おなじ序列のように見えるだろう――アトウォーターとマカヴォイ。記事はきみが書いてくれ、とわたしは彼女に言った。エミリーは最初唖然《あぜん》としていたが、やがて感謝した。彼女がそれは正しい判断だと思っているのがわたしには読み取れた。たんにわたしがそれを決めたことに驚いていただけだ。そのとき、最近彼女に対しておこなった自分の不手際のいくつかをそれで補うことができた、と思えた。

書き手の椅子をエミリーに委ねる判断で、わたしは、さらに深く取材し、これまで自分が報告してきた内容を見直すことができるようになった。

取材に協力してくれた人や、その人に注意喚起をすると約束した人に連絡する時間もできた。クリスティナ・ポルトレロの母親とジェイミー・フリンの父親はそのリストの上位にいた。

わたしはそうした連絡を電話でおこなおうとした。ところが、電話は予想していたよりも感情的なものになった。フォートワースのウォルター・フリンは、ＦＢＩが彼の娘の死をまだ捕まっていない連続殺人犯の仕業であると正式に認めたと告げると、突然泣きだした。

電話連絡を終えてから、わたしはメモをまとめはじめ、はじめて電話をする必要がある、あるいはなんらかの新しい情報を求めてもう一度電話をする必要がある、ほかの人々のリストをこしらえた。そもそもわれわれには二十四時間しかなかった。レイチェル・ウォリングにはその倍の時間が必要だとは言っていたが。つねに実際よりも記事にする時間を長めに言ったり、あるいは現実の見込みよりも報道される時期を遅めに言ったりするのはジャーナリストの常套手段だった。そうすることで調査内容がリークされたり、自分たちの記事がすっぱ抜かれたりするのを防ぐことができる。わたしはお人好しじゃない。レイチェルは記事の内容をFBIロサンジェルス支局に伝えにいっていた。

その建物のなかにどこかの記者と〝きみの背中を掻《か》いてやるから、きみはおれの背中を掻いてくれ〟という取引をしたことがない捜査官はたぶんいないだろう。わたしは一度ならずFBIに火傷《やけど》を負わされ、いまだにその傷痕が残っている。

わたしが見つけて話をする必要がある人物のリストのトップにいるのは、ハモンドの未知のパートナーだった。ハモンドの家から回収したプリントアウトのなかには、ハモンドにダーティー4の運営上のパートナーがいて、ハモンドがダーク・ウェブ・

ヴェンチャーのラボ仕事を担当する一方、パートナーはデジタル面を担当していることを示す電子メールが散見された。そのパートナーの電子メールは、自分をRogueVogue《ローグヴォーグ》DRD4としてのみ名乗り、Gmailのアカウントを用いていた。同一の別名は、ＤＲＤ４サイトに管理者として掲載されていた。レイチェルは出かけるまえに、ＦＢＩがそのパートナーをさがしだせると確信していると言ったが、わたしはそれほど確信が持てず、ＦＢＩを待ちたくなかった。RogueVogueにメッセージを送って直接連絡を取ることを考えた。エミリーと相談してから、こんな短い文章にした。

ハロー。わたしの名前はジャックです。あなたとマーシャル・ハモンドの件で話をする必要があります。あれは自殺ではなく、あなたは危険な立場にいる可能性があります。話をする必要があります。手を貸せます。

わたしは送信ボタンを押して、そのメッセージを飛んでいかせた。可能性の薄い試みだったが、やってみなければいけない試みだった。次に、記事用にエミリーに伝えるものをまとめはじめた。エミリーはまだ書きはじめてはおらず、間仕切り区画にいる彼女が電話をかけて、遺伝子分析産業の監視機関やオブザーバーにこの種の違反が意味するものについて一般的なコメントを求めているのが聞こえた。すべての記事には、リードとなる引用が必要だ——記事の怒りあるいは悲劇あるいは皮肉を要約する、信頼すべき情報源からの発言が要る。今回の記事はそうした要素をすべて取りこんだものになる予定であり、われわれは一言ですべてを表すような引用を用意しなければならなかった——だれもがこの手の侵入や恐怖と無縁ではない、と。それは単純な殺人事件記事よりも深い共感を呼び、全米の大手TV局やケーブル放送に取り上げられるだろう。マイロンは、ワシントン・ポストやニューヨーク・タイムズのような最大手の報道機関に記事を掲載させることができるだろう。

エミリーがわれわれの見つけたもの、われわれが公表しようとしているものを短くまとめているのが聞こえた。文章と同様、エミリーは簡潔に要点をまとめて発言する方法を心得ている。とはいえ、エミリーの言葉を聞いていると、わたしはどんどん神経質になってきた。わたしの記事に関する被害妄想がはじまった。その手のコメントを依頼する際、われわれは用心しなければならない。なぜなら、そうした専門家や業界オブザーバーは、だれもが回れ右して、情報提供関係にある記者に漏らす可能性があるからだ。引用可能な発言をしてもらうのに充分な情報を与えながらも、ほかの記者に伝えられるほどの情報を与えないようにするのがコツだった。

　わたしはエミリーを無視して、自分の仕事に集中しようとし、自分がなにに出くわしたのかわかるまえの、初期段階の取材を見直した。ロス市警の刑事に電話して、DNA分析の結果、自分の容疑は晴れたのかどうか、また、事件の捜査でなんらかの進捗があったのか確かめることを考えた。だが、自分がマットスンとサカイにとって、好ましからざる人物《ペルソナ・ノン・グラータ》である以上、時間の無駄だという結論を下した。

　次にコーズオブデス・ドット・ネットのことを考え、わたしの問い合わせに対する初期の続けざまの返信を見て以来、そのウェブサイトを確認していないことに気づいた。百舌につながる――とわたしが信じている――事件を結びつけるのに大きな出発点となってくれたサイトであり、さらなる返信の有無を確かめた。

　環椎後頭関節脱臼《AOD》についての問い合わせでわたしがはじめたメッセージ・チェーンにいくと、最後に確認したあとに三件のメッセージが投稿されていたのがわかった。最初のメッセージは、アディラ・ラークスパー医師による自分の最初の投稿に対するフォローアップで、そのなかでこの検屍局長は、オリジナルの投稿者――わたしだ――に正体を明かすよう求めていた。

念のため、お伝えしますが、当フォーラムは検屍官および検屍調査官のみにひらかれたものです。

その警告にもかかわらず、ほかにふたりから投稿があった。一日まえにアリゾナ州ツーソンの検屍官が、バイク事故に起因する女性被害者のＡＯＤ案件を報告していた。その件は六ヵ月まえのもので、それ以外の詳細は提供されていなかった。

わたしはその投稿をコピーし、エミリー宛の電子メールにペーストして、調べるべき五番目の事件が手に入ったかもしれないと注意喚起した。即反応があった。

それは要フォローアップ案件かも。いまは確認できたもので進めて、記事を出すのが先決。

わたしは返事をしなかった。フォーラム・チェーンの最新のメッセージに強い関心を惹かれていたのだ。それはたった二十分まえに投稿されていた。

うへっ、おなじ日に二件も発生したぞ！　バーバンクでの首吊りと、ノースリッジ

での致命的転落だ。偶然か？　そうは思わないな――ＧＴＯ

わたしはそのメッセージにショックを受け、何度も読み返してから、やっと息をした。明らかにバーバンクでの首吊りはハモンドであるにちがいないが、ＧＴＯがそれを自殺と呼んでいないことを心に留めた。ハモンドの死因に対するレイチェルの見立てが当たっていることに疑いはない。たぶん、検屍局もおなじ結論に達したのだろう。

二番目の死がわたしの関心を強く惹いたものだった。ノースリッジでの致命的転落。死を致命的な転落と呼んでも殺人の可能性を否定できるものではない。もっと詳しい情報が必要だった。ノースリッジはヴァレー地区にあるロサンジェルス近郊の町だ。わたしはロス市警ヴァレー方面隊に電話をかけ、ジャーナリストだと名乗り、警部補につないでほしいと頼んだ。五分近く電話は保留のままだったが、わたしは切ろうとしなかった。わたしと話したがらない人たちの大半より、根比べは得意だった。

ようやくつながった。

「ハーパー警部補です、ご用件はなんでしょう？」

「警部補、こちらはジャック・マカヴォイです。フェアウォーニングという名の消費者のための監視ウェブサイトで働いており――」

「ご用件はなんでしょう？」

「オーケイ、それでは、きょうノースリッジで発生した致命的な転落に関する情報をさがしています。いまも言いましたように、われわれは消費者のための監視サイトであり、労務災害や事故などに関心を払っています。なにが起こったのか教えていただきたいと思いまして」

「ひとりの男が駐車場建物の屋上から転落した。それだけです」

「どの駐車場建物です？　どこにある？」

「当地のモールに被害者はいて、出ていく際に自分の車に戻り、そのあと車庫の屋上から飛び降りた、または転落したんです。どっちかはわかっていません」

「被害者の身元はわかったんですか？」

「ええ、ですが、まだそれを発表はしません。近親者が見つかっていないんです。名前を知ろうとしたら、検屍局に問い合わせる必要があるでしょう」

「わかりました。年齢は何歳くらいです？」

「三十一歳ですね。うちの部下からそう報告を受けています」

ハモンドと同い年だ、とわたしは心に留めた。

「遺書かなにかなかったんですか？」

「われわれが見つけたもののなかにはなかったです。もういいですか――」

「最後にふたつだけ訊かせて下さい、警部補。その落下を記録していたり、なにがあったのかを明らかにする防犯カメラ映像はありましたか？」

「この手の事案では周囲のカメラ映像を調べますが、いまのところなにも見つかっていません」

「この件を担当している捜査員はだれです？」

「レファーツになるでしょう。彼が主任捜査員です」

「ありがとうございます、警部補」

「どういたしまして」

一分足らずの情報のため、五分待たされた。次にわたしは郡検屍局のウェブサイトにいき、職員メニューを引っ張りだした。

だれがGTOなのか突き止めようとした。検屍官はだれも該当しなかったが、検屍調査官のリストを見たとき、ゴンザロ・オルティスに目が止まった。おそらく彼のミドルネームはTではじまるのだろう。

ときには、電話が必要なものを手に入れる最上の方法である場合があった——たとえば、ロス市警に入りこもうとする場合には。だが、検屍局の場合、わたしは直接会ってみたかった。GTOと顔を突き合わせたかった。コーズオブデス・ドット・ネットの掲示板のメッセージから、彼が話をしてくれる人間かもしれないという勘が働いたからだ。ひょっとしたら望み薄の賭けかもしれないが、賭けてみたかった。コンピュータをシャットダウンすると、エミリーの間仕切り区画に歩いていった。彼女は電話で手に入れたメモ内容を打ちこんでいた。

「ハモンドのパートナーを見つけたと思う」

エミリーはタイプをする手を止め、わたしを見上げた。

「それはだれ？」

「わからない。まだ名前をつかんでいないんだ」

「じゃあ、どこにいるの？」

「検屍局だ。彼は二時間まえに駐車場から転落して、首の骨を折った。調査官に会いに、検屍局に向かうつもりだ。彼が話してくれるかどうか確かめに」

「わたしたちがこの件で見ているように首を折ったという意味？」

エミリーは画面を指さし、この件の全体像を意味した。わたしはうなずいた。

「二足す二をしてみたらしい検屍調査官がいるんだ。彼は一時間足らずまえに掲示板におれ宛のメッセージを投稿している。彼が話してくれるかどうか確かめたいんだ。ロス市警はなにひとつ話してくれないだろうから」

「でも、最初の投稿の仕方から、その人はあなたを検屍官だと思っているのでは？」

「わからない。検屍局長が、ある種、おれがそうでないことを曝露《ばくろ》したにもかかわらず、その調査官は投稿しているんだ」

「じゃあ、ぐずぐずしないで。やることが一杯あるんだから」

「ぐずぐずする？　それはおれのスタイルじゃない。向こうに着いたら連絡するよ」

## 31

検屍局にいくのは、少なくとも四年ぶりだった。ロサンジェルス・タイムズや、のちにビロードの棺桶で刑事事件を取材していたときには定期的に立ち寄っていた。だが、フェアウォーニングでは、いまのいまにいたるまで死はわたしの取材対象ではなかった。

死の複合ビル、とわたしが名づけたものは、ミッション・ロードにあり、ボイルハイツの郡／USC共立メディカル・センターの近くだった。ふたつのメディカル・センター――ひとつは死者のためのものであり、もうひとつは生者のためのものだった――は、長いトンネルでつながっており、かつては一方から他方への死体の移動を円滑にしていた。もともとのオフィスは通りの近くにあるおよそ百年前の厳《いか》めしい煉瓦《れんが》積みの建造物で、いまはほとんどが土産物店と会議室になっている。足の親指に付ける死体識別タグや、死体を覆うための毛布、その他の不気味な品物を観光客相手に販売して大もうけしていた。

その古い建物のうしろに、すっきりしたラインで落ち着いたベージュの色調の新しい現代的な建物があった。ガラスドアのエントランスがあり、かつてはそこを通って受付デスクにいっていた。わたしはゴンザロ・オルティス調査官に会いに来たと伝えた。受付担当者は、来訪目的を訊いてきた。

「あの、ある人の死に関する情報を得るには、検屍局と話すよう警察に言われたんです」わたしは言った。「きょうヴァレー地区で起こった死です」

それは嘘を含まないよう注意深くこしらえた答えだったが、まったくの真実を言っているわけではなかった。その答えと、深刻そうな物腰で、検屍を待つ近親者としてわたしがここに来ていると受付担当の女性に信じさせることができればいいと願った。調査部に電話して、記者がロビーに来ていると伝えてほしくなかった。もしGTOがわたしと話すことを拒むなら、それを直接会って言ってほしかった。

受付係はわたしの名前を訊いてから連絡した。彼女は何者かに簡潔に話してから、わたしを見上げた。

「亡くなった方のお名前は？」彼女は訊いた。

そこでわたしは追い詰められた。だが、ひとつ逃げ道があった。バーバンクはヴァレー地区の一部と見なされており、嘘をつかずに答えることができた。

「マーシャル・ハモンド」

受付係はその名前を繰り返し、連絡相手の言葉に耳を澄ました。彼女はなにも言わずに電話を切った。

「彼はいま会議に出ており、終わり次第、出てくるとのことです」受付係は言った。「右側のその廊下の先に家族控え室があります」

彼女はわたしのうしろのほうを指し示した。

「わかりました、ありがとう」

わたしは廊下を進みながら、その〝家族〟控え室にだれもいないことを願ったが、そんな幸運はやってこなかった。ここはロサンジェルスだ。一千万人以上の人間が暮らしている。そして死んでいる。ある者は突然亡くなり、ある者は事故で亡くなり、ある者は殺人事件で亡くなる。郡の検屍局には、複数の死体を収容するためのラックを後部に備えた淡いブルーのヴァンが大量に揃《そろ》っているのをわたしは知っている。家族控え室にだれもいないような可能性はなかった。

それどころか、そこは黙りこみ、あるいは涙にくれて身を寄せあっている悲しむ人々の小グループで、ほぼ一杯になっていた。なにかの間違いであってほしいと願い、本人確認あるいは移送と埋葬の手配をしてほしいと頼まれているのが自分たちの愛する家族ではないことをたぶん願っているのだろう。

受付係に真実を回避して伝えたことを気にしてはいなかったが、ここでは、自分が侵入者のように感じた。喪失感と悲しみを抱えた仲間だと彼らが思っている偽者。わたしはかつて彼らの立場に立ったことがある。双子の兄が亡くなったのだ。また、愛する家族が暴力によって奪われた家のドアをノックしたこともある。だが、この部屋のなにかが尊く感じられた。わたしは申し訳なく思い、Uターンしてドアの外の廊下でゴンザロ・オルティスを待とうという気になった。だが、そうはせず、ドアの最寄りの席に座った。ここでもっとも望まないことは、自分たちの悲しみのまっただ中にいるだれかと交流して、理解のほほ笑みでわたしの悲しみを和らげようとされることだった。そんなことになれば盗みも同然だろう。

囁き声での願いの言葉を耳にしていると、この待機が一時間つづいているように感じられ、そしてひとりの女性がむせび泣きをはじめた。だが、実際は、わたしが到着してから五分もしないうちに、浅黒い肌にごま塩の口髭《くちひげ》を生やした五十代のラテン系の男性が部屋に現れ、あなたがマカヴォイさんかとわたしに訊ね家族控え室から救いだしてくれた。わたしは「そうです」と答えるより早く、立ち上がって、席を離れた。わたしは彼を先導するように廊下に出たが、自分は先導される側だと悟って戸惑った。

「近道をしよう」男性は言った。

彼は受付エリアとは反対の方向に廊下を進むよう、わたしを手招きした。わたしはあとにつづいた。

「あなたがオルティス調査官ですか？」わたしは訊いた。

「はい、そうです」男は言った。「個室を用意しています」

その個室に着くのを待って、自分が何者であり、なにを欲しているのか説明しようと決めた。オルティスがカードキーをスワイプして、**関係者以外立入禁止**と記されたドアのロックを外し、われわれは複合施設の病理学棟に入ることができた。それがわかったのは、建物に入ったとたん、体を包むにおいのせいだった。それは工業用強力殺菌剤で薄められた死臭だった。その場所を離れたあとも鼻腔《びこう》に長く留まることを知っている、甘ったるくて、かなり酸っぱいにおいだ。そのにおいで、ここに最後に入ったときを思いだした。四年まえ、当時の検屍局長が、スタッフの配置とサービス停滞に関わる予算の問題とあいまって、この複合施設に健康と安全の問題が発生していることへの苦情を公にしたのだ。検屍局長は、解剖が五十体単位で滞っており、毒物検査は数週間ではなく数ヵ月かかっていると発表した。郡政委員たちに要求していた予算を与えるよう説得するための動きだったが、結果として、検屍局長が職を追われただけだった。

それ以来、たいして変わっていないのではないかと思っていたが、この問題をオルティスに持ちだすのは、自分がジャーナリストであることを告げたときに気まずい雰囲気をほぐす方法になるのではと考えた。ビロードの棺桶で、数々の欠陥について書いた記事の話をすれば、環椎後頭関節脱臼事件について、話してくれるよう説得できるのではないかと思った。

だが、結果的に、自分がジャーナリストであると名乗ったり、気まずい雰囲気をほぐす心配をしたりする必要はなかった。すでに雰囲気はほぐれていた。オルティスが腕をまえに差しだして、わたしに先に入るよう促した。なかに入ると、部屋の中央に**B会議室**と記されたドアにわたしを案内した。彼は一度ノックしてからドアをあけ、六脚の椅子と長方形のテーブルがあるのが見えた。テーブルの遠いほうの一辺に座っているのは、マットスン刑事とサカイ刑事だった。

わたしはたぶん一歩をわずかにためらい、顔に驚きを浮かべていたんだろうが、スピードを取り戻し、部屋のなかに入った。半笑いを浮かべて精一杯気を取り直した。

「これはこれは、ロス市警さんじゃないか」わたしは言った。

「座ってくれ、ジャック」マットスンが言った。

マットスンはわたしのラストネームをわざと間違って発音する手間をかけなかった。わたしを逮捕するという馬鹿げた行為からなにかを学んだのかもしれない兆候として、わたしは受け止めた。わたしの驚きは当惑に変わった。彼らはわたしを尾行していたのか？　どうやってわたしが検屍局にくることを知ったんだ？

わたしはマットスンの真向かいの椅子に座り、オルティスはわたしの隣の席に座った。わたしはバックパックを自分の横の床に置いた。われわれ全員がたがいを見つめ合い、一時的な沈黙が降りた。わたしは最初に煽《あお》りを入れて、様子を見ることにした。

「あんたたちはまたわたしを逮捕に来たのか？」わたしは訊いた。

「とんでもない」マットスンは言った。「その件は忘れようじゃないか。ここでおたがいに助け合おう」

「本気か？」わたしは言った。「ずいぶん違うな」

「あなたがコーズオブデス・ドット・ネットにあの投稿をした人なのかね？」オルティスが言った。

わたしはうなずいた。

「ああ、あれはわたしだ」わたしは言った。「そして、あなたがＧＴＯなんだな」

「そのとおり」オルティスは答えた。

「ジャック、認めよう、あんたがこいつをやり遂げた」マットスンが言った。「だからこそ、われわれが協力できると考えているんだ――」

「このまえ話したとき、わたしは殺人事件の容疑者だった」わたしは言った。「いま、あんたはいっしょに働きたがっている」

「ジャック、あんたの容疑は晴れた」マットスンは言った。「ＤＮＡはきれいなものだった」

「教えてくれてありがとよ」わたしは言った。

「あんたは知っていたんだ」マットスンは言った。「最初から知っていた。あんたがおれを待っていたとは知らなかったんだ」

「この件はどうだ――クリスティナ・ポルトレロの友人に、わたしはあんたが言ったような変態ではないと言ってくれたのか？」わたしは言った。

「それはおれのリストの一番上にある」マットスンは言った。

わたしは首を横に振った。

「いいですか、マカヴォイさん」サカイが言った。わたしの名前を完璧な発音で口にする。「過去に犯した過ちについて、ここに座って、互いに批判しあうこともできる。あるいは、協力することもできる。あなたにはあなたの記事があり、われわれは人々を殺しまわっている男を逮捕する」

わたしはサカイを見た。明らかに彼は仲裁人の役を割り当てられていた——あらゆる小競り合いを超越して、真実だけを見つめている男の役。

「どうだっていい」わたしは言った。「あんたたちはＦＢＩに踏みにじられることになっている。あすの朝、この事件を引き渡すんだ」

マットスンはショックを受けた表情を浮かべた。

「なんてこった、あんたはこの件を捜査局に持っていったのか？」彼は叫んだ。

「そうしない理由があると思うか？」わたしは訊いた。「わたしがあんたたちのところにいったら、あんたたちはわたしを牢屋《ろうや》に放りこんだんだぞ」

「あの、ひとこと言わせてもらえるかな？」オルティスが言った。両手を上げ、落ち着かせようという仕草をする。「われわれにほんとうに必要なのは——」

「だめだ」マットスンが言った。「あそこのだれのところにいったんだ？」

「わからんね」わたしは言った。「この件でいっしょに働いている別の人間があそこにいき、一方、わたしはここに来た」

「電話してやめさせろ」マットスンは言った。「連中の事件じゃない」

「あんたの事件でもないさ」わたしは言った。「殺人は、ここからフロリダまで、そして沿岸を移動してサンタバーバラまでで起こっているんだ」

「ほら？　言ったとおりでしょ、この人がこの件を全部結びつけたんだ」オルティスはマットスンを見て、言った。

「で、なぜわたしはここにいるんだろう？」わたしは訊いた。「わたしが知っていることを知りたいのか？　それなら公平な取引でなければならず、一分の隙もない独占報道でなければならない。それでなければ、わたしはここから出ていく。ＦＢＩとのチャンスに賭けるさ」

だれもなにも言わなかった。数秒が経ち、わたしは立ち上がりかけた。

「オーケイ、じゃあ」わたしは言った。

「ちょっと落ち着いてくれ」マットスンは言った。「座って、冷静になってほしい。頭のおかしいクソ野郎が人を殺し回っていることを忘れないでくれ」

「ああ、忘れないよ」わたしは言った。

マットスンはわずかに横を向いて、パートナーの様子を確認した。なんらかの言葉にしないメッセージが交わされ、マットスンはわたしに視線を戻した。

「わかった、取引をしよう」マットスンは言った。「情報に対して情報を、機密に対して機密を」

「けっこう」わたしは言った。「そっちが先だ」

マットスンは両手を広げた。

「なにを知りたいんだ？」マットスンは訊いた。

「どうしてそっちはここに来たんだね？」わたしは訊いた。「わたしを尾行していたのか？」

「わたしが招いたんだ」オルティスが言った。「あの投稿を見たので」

「偶然なんだ、ジャック」マットスンは言った。「われわれはここに来ていたんだ、ゴンゾと会うために。そこへあんたが姿を現した」

「理由を説明してくれ」わたしは言った。

「単純だ」マットスンが言った。「ゴンゾはあんたの投稿を見たあと調べまわり、事件と事件を結びつけはじめたんだ。あんたとおなじように。彼はサカイとおれがポルトレロの事件を担当しているのを知っていた。それで二件のＡＯＤ事件が一日で起こっているのを見たとき、ゴンゾはわれわれに電話をかけてきて、すべてがつながっているかもしれない、と言ったんだ。そしてわれわれはここにいる」

わたしは自分が今回の事件捜査で彼らより何光年も先にいるのがわかった。いま知っていることの一部をわかちあい、彼らの精神を吹き飛ばすことができた――一部の詳細を自分自身と記事のため取っておいたままで。また、ハモンドのラボから回収したプリントアウトを持っており、情報を明かす際に注意しなければならなかった。

「そっちの番だ」マットスンが言った。

「まだだ」わたしは言った。「あんたはわたしがまだ知らないことをなにも話していない」

「では、なにを知りたい？」マットスンが言った。

「きょう、駐車場から転落した男だ、彼は何者なんだ？」わたしは訊いた。

「ゴンゾ？」マットスンが促した。

「男の名前はサンフォード・トーラン」オルティスは言った。「三十一歳、ノース・ハリウッド在住、酒屋に勤務」

それはわたしが期待していたものと異なっていた。

「酒屋？」わたしは訊いた。「どこの？」

「シャーマン・ウェイから少し北にあるサンランド大通りだ」オルティスが答える。

「その件がハモンドとどう関わる?」わたしは訊いた。

「われわれが知るかぎりでは、関わっていない」マットスンは言った。

「では、それは偶然だと言うのか?」わたしは訊いた。「ふたつの死は関係がない、と?」

「いや、そういうつもりはない」マットスンは言い返した。「いまのところはまだ関係がないというだけだ。この件を調べはじめたばかりなんだ」

マットスンはボールを投げ渡すかのようにオルティスを見た。

「解剖はまだ予定されていない」オルティスは言った。「だが現場での予備検屍メモによると、落下したときには被害者はすでに死んでいた」

「どうしてそれがわかるんです?」わたしは訊いた。

「目撃者が複数いたんだ」オルティスは言った。「被害者は声を上げず、転落を防ごうとする試みをしなかった——それは負傷の状況からわかるだろう。加えて、そんな形の転落ではAODは起きない。首の骨折はありふれたものだが、AODはそうじゃない。そんな形の転落では首はねじれない」

「被害者は酒屋で働いていたと言いましたね」わたしは言った。「つまり、カウンターの奥で働いていた?」

「そのとおり」オルティスは言った。

「ほかになにをあなたは知っているんです？」わたしは詰め寄った。

「被害者に前科があるのがわかっている」オルティスは言った。

オルティスは許可を求めるかのようにマットスンを見た。

「そっちがこちらに対して情報を出し惜しみするのなら、取引全体を中止します」わたしは言った。

マットスンがうなずいた。

「彼は小児性愛者だったんだ」オルティスは言った。「継息子《ままむすこ》をレイプした罪でコルコランの州刑務所に四年服役している」

またしても、その情報はフィットしなかった。わたしはインターネットの達人、ダーティー4のダーク・ウェブ部分を担当するある種の専門家を予想していた。女性を嫌悪するインセルを。

小児性愛者は、あらわになりかけているそのプロファイルの一部ではなかった。

「オーケイ」マットスンは言った。「今度はそちらが寄越す番だ。われわれの知らないことを話してくれ、ジャック」

わたしはうなずき、バックパックに手を伸ばし、ジッパーをあけ、記事の事実を書き記した手帳を取りだすことで、時間を稼いだ。見せつけるためにページをぱらぱらとめくり、それから顔を起こして、マットスンを見た。

「あんたたちがさがしている男は、自分のことを百舌と呼んでいる」わたしは言った。

## 32

検屍局の駐車場に停めたジープのなかに座り、わたしは何本か電話をかけた。電話で話すあいだ運転はしたくなかった。また、マットスンとサカイを見張ってもいたかった。ミーティングのあと、ふたりの刑事はオルティスとあとに残り、わたしは彼らが出発するまでどれくらいかかるのか確かめたかった。そこからなにを得られるかわからないが、とにかく知りたかったのだ。

最初の電話は、エミリー・アトウォーターに進捗状況を確認するためのものだった。

「書きはじめたところ」エミリーは答えた。「いまのところ、とてもいい。題材がたくさんあって、バランスを取ろうとしている。序盤に持ってくるもの、終盤に持ってくるもの。知ってのとおり、マイロンは補足記事が好きじゃない。そのため、一本の記事にして、そのあと何日か続報を載せていかないと。そっちはどう？」

「二番目の死亡事故がハモンドのパートナーというのは間違っていた」わたしは言った。「百舌がミスをして、間違った相手を殺したのだと連中は考えている。だから、パートナーをさがしつづけなければならない」

「連中？」

「ああ、警察がここにいる。マットスンとサカイだ。頭のいい検屍調査官の助けを借りて、あのふたりは事件と事件を結びつけたんだ」

「クソ」

「まあ、おれは彼らと取引した。この事件の独占を基本にして、情報を交換した」

「彼らは信用できるの？」

「できるもんか。おれは連中を信用していないし、FBIがリークしないとは思っていない。だから、一部の情報を出さないようにした。ダーティー4のことは伝えたが、GT23社やオレンジ・ナノ研究所やオートンの事件とハモンドの関係については口にしていない。われわれが連中のリークのことを心配するまえに、連中には追いつくためにすることがたくさんあると思う」

男女一組が検屍局をあとにするのを見た。たがいに腕をまわし、うつむいている。先ほど家族控え室にいた人間だと見覚えがあった。男性は涙にくれていた。女性は泣いていなかった。男性が女性を支えているというより、女性のほうが男性を支えていた。女性は男性に付き添って車の助手席までいき、男性が乗りこむのを助けてから、ステアリングホイールのまえに座った。別の車に乗っている男もふたりを見ていた。

「ジャック、聞いてる？」

「ああ」

「百舌が間違った男性を殺したと警察が考えているのはなぜ？」

「なぜなら、プロファイルが合致しないからだ。被害者は酒屋で働いており、小児性愛者としての前科がある。フィットしていないんだ。われわれはここで推測しているにすぎないが、百舌がRogueVogueを誘いだして、ノースリッジ・モールで会おうとしたが、どういうわけかその男――名前はサンフォード・トーランだ――をRogueVogueと勘違いしてしまった、というのが警察の見立てだ。トーランはそこへひとりで来て、たぶんモールにいる子どもたちを観察しようと座っていたんだろう。百舌はトーランを車まで尾行し、首を折り、駐車場の端から投げ落とした」

「おぞましい。百舌は自分がミスしたのをわかっている、とあなたは考えているの？」

「つまり、百舌は相手が狙っていた男ではないとわかっていたが、とにかく殺したという意味かい？　その可能性はある。だけど、判断できないな。ミーティングを設定したという考えそのものが推測だ」

「ＦＢＩはどうなの？　レイチェルからなにか聞いてる？」

「これから電話をかける。まずきみの様子を確認したかったんだ」

「わかった、じゃあ、記事に戻るわ。なにかわかったら知らせて」

「了解」

レイチェルに電話するまえにあらたなメッセージの有無を確認するため、電子メールアカウントを呼びだした。

先ほど送ったメッセージにRogueVogueから返信が届いているのを見て、心拍数が跳ね上がった。


このメールはどういうことなんだ。あんたは何者だ？　なぜこんなメールをおれに送ってきたんだ？

そのメッセージの発信時刻をチェックし、それがサンフォード・トーランの死体がモールの駐車場の四階から落とされたあとで送られてきたのを確認した。百舌が間違った男を殺したことのさらなる証拠だった。

そのメッセージは短く、シンプルで、なによりもどこにも怪しいものがなかった。なにかを知っているわけでもなく、なにかを認めたわけでもなく、たんにもっと教えろと要求していた。

彼を怯《おび》えさせないようなやり方で返事をする方法を考える――あなたの身の安全を守れます……あなたの話を伝えます……仲介人になれます……。

相手の置かれている状況を述べるという直接的なアプローチをすることにした。数秒おきに刑事たちの行動をチェックするため顔を起こしながら、RogueVogueにわたしを信用して話をしてもらい、安全を託してもらえるような電子メールを作成した。


わたしは物書きです。〈詩人《ザ・ポエット》〉や〈案山子《スケアクロウ》〉のような殺人犯に関する本を書いています。いま、百舌について書いているところです。あなたは危険な立場にいます。百舌はハモンドを殺し、あなたと間違えて別の男性を殺しました。わたしはあなたを助けることができます。安全なところにあなたをお連れできますし、あなたの話を伝えることができます。あなたとハモンドが百舌となんの関係もなかったことをわたしはわかっています。あなたたちがそれを計画したのではないことも。ここに連絡先の電話番号を記しておきます。電話をして下さい。われわれはおたがいに助け合えます。

二度読み返してから、末尾に携帯電話番号を打ちこんで、送信した。できればRogue Vogueが読んで、すぐに反応してほしかった。

駐車場と検屍局の正面をもう一度確認したが、ロス市警刑事の姿はなかった。USCメディカル・センターのほうに駐車して、トンネルを通って、検屍局に来た可能性がある、と気づいた。その場合は、ふたりを見逃してしまったかもしれない。だが、監視をつづけながら、レイチェルに電話することにした。彼女は囁き声で電話に出た。

「ジャック、あなたは大丈夫?」

「おれは元気だ。たんに状況確認をしているだけさ。きみはもうだれかと会ったかい?」

「ええ、いま、その最中。この電話に出るため部屋の外に出たの」

「で?」

「いま、彼らは調べているところ。ほかの事件をさがしていて、ハモンドのパートナーを見つけようとしている。すぐに成果が出るはずよ」

「ツーソンで事件があった可能性がある。だが、現時点でもっと重要なのは、きょうLAで別の殺人がおこったことだ。おれはハモンドのパートナーが殺されたんだと思ったが、そうじゃなかった。間違い殺人のようだ。百舌は相手をハモンドのパートナーだと思ったようだ」

「あなたはそれをどうやって知ったの？」

コーズオブデスのウェブサイトをチェックしたら検屍局にたどり着いた次第を、レイチェルに説明した。フェアウォーニング・チームがしたようにロス市警が事件を結びつけており、捜査局には競合相手ができた、と伝えた。両方の捜査機関が並行して捜査をおこなうより、ＦＢＩがロス市警と合同捜査チームを組んだほうがいいんじゃないか、と提案した。

「あたしも言ってみるけど、あまり期待はしないこと」レイチェルは言った。「あたしがここにいたとき、そういうのは一度もうまくいかなかったし、その傾向はたいして変わっていないと思う」

「記事が公表され、両捜査機関が別々の捜査をおこなっていると書かれれば、あまりいい印象は持たれないだろうな」わたしは言った。

「ジャック、それについて別の問題がある」

「なんだ？」

「彼らはあなたたちにまだ記事を公表しないでほしいと思っている」

「なんてこった、こういうことになるとわかっていた。それはできないと連中に言ってくれ。これはわれわれの記事だ。そっちへ伝えたのは、あくまでも礼儀としてだ。このまま進めるよ」

「今回の犯人が捜査局が迫っていると知らなければ、そのほうがいい、と彼らは感じているし――あたしもそれに賛成する。あなたたちが記事を発表すれば、犯人はたぶん姿を消し、われわれはけっして捕まえられなくなる」

「われわれ？　きみはもうそっちに戻ったのか？」

「言いたいことはわかるでしょ。犯人はわれわれが狙っていることを知ったらすぐに姿を消し、行動パターンを変えるわ」

「もしわれわれがこいつの記事を発表して市民に警告しなければ、やつは捕まるまで殺人をつづけるんだ」

「それも一理あるけど――」

「きょうだけでふたりの人間を殺したんだぞ。そしてそれは自分の痕跡を消すためだった。なにかが起こっている、自分に目を付けた人間がいることをやつはすでに知っているにちがいない」

「だけど、FBIとは思っていない、ジャック」

「いいかい、その件について、マイロンとエミリーに話してみるけど、おれは公表することに投票する。世間はこいつが外界にいることを知るべきであり、彼がやっていることを、どのように犠牲者を特定し、ストーキングしているかを知るべきなんだ」

「そしてあなたはほかの報道機関にスクープされないことを確実にしなければならない」

「あのさ、それは否定しないよ。おれは記者であり、これはおれの記事だ。そして、そうだ、最初に記事にするのは確実に自分であるようにしたい。だけど、FBIとロス市警が両方とも気づいているいま、どこかの阿呆《あほう》が影響力を得ようとしてどこかの記者にリークするのは、時間の問題でしかない。それだけで、おれは記事を発表したいし、さらに重要な理由は、非常に危険な事態が世間で起こっていることを市民に警告するためなんだ」

「わかった、ジャック、彼らに話してみる。記事が出るまでどれくらい時間がある?」

わたしはウインドシールド越しにマットスンとサカイが駐車場に面した歩道を歩いているのを見た。彼らの写真を撮影するのに使えるよう、携帯電話をスピーカー・モードにした。マイロンは、長篇記事のまんなかに視覚的なブレークとして写真を入れるのが好きだった。なんらかの形で記事と関係しているものであるかぎり、どんな写真でもかまわなかった。

刑事たちは覆面パトカーの両側に向かい、乗りこんだ。

「一日だ」わたしは言った。「あすの夜までには掲載するつもりだ」

「少なくともあと二十四時間延ばせない、ジャック? あすの夜までとなると彼らができることはそんなに多くない」

「その余分な一日でやつがだれかを殺したらどうする? そんな責任を負いたいかい、レイチェル? おれは負いたくない」

通話中着信音が聞こえ、携帯の画面を見た。非通知で電話がかかってきていた。

「レイチェル、出なければならない電話がかかってきたんだ」わたしは急いで言った。「彼かもしれない」

「だれ?」レイチェルが訊いた。

「RogueVogueだ。かけ直す」

「ジャック――」

電話を切り、別の電話に出た。

「こちらはジャック・マカヴォイ」

なにもない。ただつながっているだけ。マットスンとサカイが駐車場を出て、右折してミッション・ロードに入るのを見る。

「もしもし？　こちらジャックです」

「あんたがメッセージを送ったんだ……」

その声はデジタル変調器を通して、ロボットの声のように変換されたものだった。

「ええ……わたしが送りました。あなたは危険な立場にいます。手助けをしたいんです」

「どうやっておれの手助けをできる？」

わたしはそっとバックパックのジッパーをあけ、手帳とペンをつかむと、彼の言葉を書き留められるようにした。

「たとえば、記事のなかで、あなたの言い分を表に出すことができます。今回の記事が表に出ると、被害者だったり悪党だったりが出てくるでしょう。ほかの人にあなたの話をされないうちに自分で話をしたいはずです。あなたのことを知らない人に話されるのではなく」

「あんたは何者だ?」

「言ったでしょ。わたしは物書きです。殺人犯を追っている。いまは百舌を追っています」

「どうしてやつのことを知ってるんだ?」

「その男はわたしの知り合いを殺したんです。やつはダーティー4から彼女の名前と詳細情報を手に入れた」

沈黙が降り、わたしは相手を失ったと思いはじめた。説得して彼に話をさせたかった。だが、彼とハモンドが自分たちの計画で作り上げたものをうやむやにするつもりはなかった。わたしに関するかぎり、RogueVogue は、しっかりと台帳の悪党側にいた。百舌ほど有罪確実ではなかったが、きわめてそれに近かった。

「こんなことになるはずじゃなかった」

わたしはそのセリフをそのまま書き写してから、返事をした。それが記事のなかで重要な意味を持つのがわかった。

「どういうことになるはずだったんです?」

「おれたちは……たんに金を稼げるはずだったんだ。ニッチに注目した」

「どんなニッチです？」

「わかるだろ、男たちを助けるんだ……女と会うのに困っている男たちを。ソーシャルマッチング・アプリのTinderやその他の似たようなものとそんなに変わっていなかった」

「ただし、あなたがたがプロフィールを売っているのを女性たちは知らなかった、そうですね？」

わたしは咎《とが》めるような口調では言わなかったが、それが沈黙をもたらした。相手を失わないうちにかんたんな質問を投じた。

「あなたとマーシャル・ハモンドは、どのように出会ったんですか？」

一瞬の間をあけてから、相手は答えた。

「大学のルームメイトだ」

「それはどこでした？」

「UCアーヴァイン校だ」

謎の小さなピースがカチリとはまった。

「そこでウイリアム・オートンと知り合ったんですか？」

「マーシャルが知り合った」

わたしは意表をつく質問をした。わたしの心の奥で大きく育っていた可能性を。

「オートンが百舌なんですか？」

「ちがう」

「どうしてちがうとわかるんです？」

「わかるからだ。マーシャルの身になにがあったんだ？」

「百舌が彼の首を折り、自宅のラボで首を吊ったように見せかけました。オートンが百舌ではないとどうしてわかっているんです？　百舌がだれなのか知っているんですか？」

「おれが突き止めた」

わたしはその発言も書き留めた。これから投げかける自分の言葉が、この会話のもっとも重要な部分になるかもしれないとわかっていた。

「なるほど、さて、いいですか。あなたのいまの状況からあなたを助けだす方法がひとつあります——あなたが望むのなら」

「どうやって？」

「百舌がだれなのか教えて下さい。ＦＢＩは百舌を止めなければならない」

「ＦＢＩだと？」

すぐにわたしは自分が間違った発言をしたのを悟った。今回の件がＦＢＩの関心事になっていることを彼は知らなかった。別の方向に向かうことで彼を電話につなぎ留めねばならない、とわたしは感じた。ひとつの質問をぶつけてみた。

「どうやって百舌はマーシャルを見つけたと思います？」

また間があったが、すぐに彼は口をひらいた。

「彼が連絡を取ったんだ」

「だれが取ったんです。マーシャルが？」

「そうだ。女たちが死んでいるのがわかった。顧客から連絡があったんだ、うちがそのプロフィールを提供している女たちの一部が……現存していない、と。マーシャルがそれを調べた。ダウンロードを確認して、死んだ女たちのあいだにつながりを見つけた。それがやつだった。マーシャルは連絡をした。やつにやめなければならない、と伝えたんだ」

それが彼のした説明のすべてだったが、またしても記事のさらなるピースをはめていくのに役立った。

「そしてそれによって百舌がマーシャルを見つけた？　連絡手段をたどって？」

を見つけた」

「どうにかして。おれたちは用心をしていたんだが、どういうわけか、やつはあいつ

「おれたち？」

「おれたちはメモを送ることで一致していたんだ。マーシャルが送った」

「オートンの話に戻りましょう。マーシャルがオートンの事件を操作したんでしょ？DNAを」

「その件を話すつもりはない」

「そしてオートンはマーシャルに借りができた。オートンはあなたたちにDNAを渡した」

「言っただろ、その件を――」

「オーケイ、オーケイ、忘れて下さい。百舌はどうです？あなたは百舌が何者か知っているとおっしゃった。名前を教えて下さい。それをすれば、あなたはこの件の悪党には入らない。それを止めようとした人間になる。あなたが言ったように、こんなことになるはずではなかった」

「そうしたらあんたはその名前をFBIに伝えるんだな？」

「わたしが伝えてもいいし、あなたが伝えてもいい。名前を明かすのがあなたである

かぎり、どっちでもかまいません」

「考えてみる。おれにあるのはそれだけだから」

百舌のＩＤが、起訴されないために交換しなければならない手持ちの材料のすべてということだろう、とわたしは推測した。

「まあ、あまり長く考えないで下さい」わたしは言った。「あなたが突き止めたのなら、最終的にＦＢＩも突き止めるでしょう。そうなったら、あなたには渡すものがなにもなくなる」

相手は返事をしなかった。この情報源の本名すら知らないのに、自分が百舌のＩＤを要求していたことに気づく。

「あなたはどうなんです？　どなたと話をしているのかわかるようにお名前を教えてもらえませんか？」

「ローグだ」

「いえ、あなたの本名です。そちらはわたしの名前を知っている――自分の名前を教えてもらえませんか？」

わたしは待った。すると接続が切れた音が聞こえた。

「もしもし？」

彼は消えていた。

「クソ」

インタビューは終わった。

# 百舌

# 33

彼は駐車場にいる記者を見つめていた。記者は次々と電話をかけているようだった。そして検屍局から去っていくふたりの男の写真をこっそり撮影していた。男たちはあきらかに警察官だった――ここが死者の運ばれてくる場所であることから、殺人事件担当の刑事だろう。全体的に興味深かった。あの記者はどこまで知っているんだろう？　警察はどこまで知っているんだろう？

彼はオフィスから記者を尾行しており、フェアウォーニングのウェブサイトに掲載された写真から身元を確認していた。そのときは、記者は急いでおり、黄色信号を無視したり、あきらかにひとりしか乗っていないにもかかわらずフリーウェイで相乗り運転用車線《カープール》を走ったりしていた。いま、記者は急いでおらず、ジープのなかに座って電話をかけていた。百舌は記者が検屍局のなかでなにを知ったのだろう、と思った。

センター・コンソールを指でトントンと叩《たた》く。彼は動揺していた。事態がおかしくなり、コントロールしようがない展開をしていた。いまもヴォーゲルに苛立《いらだ》ち、腹を立てていた。モールの男を問い詰めはじめたところ、すぐにそいつがヴォーゲルではないことに気づいたが、殺してしまわねばならなかった。だれがヴォーゲルに警告を与えたのか、あるいは罠《わな》だとあらかじめ知っていたんだろうか。ひょっとしたら、おれを罠にかけたのはヴォーゲルのほうかもしれない。

ようやく記者は駐車スペースから車を出し、出口に向かった。百舌は獲物を失わずにすむようバックで車を停めていたのですぐに発進できた。

検屍局から記者は左折してミッション・ロードに入り、次の角で左に曲がってマレンゴ・ストリートに入った。百舌は記者の車についていき、北向きのフリーウェイ5号線に入った。

つづく三十分間、百舌は記者を尾行して複数のフリーウェイを北上し、やがて西に向かってサンフェルナンド・ヴァレーに入った。ようやく百舌がその朝いたモールに記者が向かっているのだと悟った。

またしても、あの記者は色々知っているようだった。

記者は駐車場に入り、ランプをのぼって最上階にたどり着いた。車を停め、警察がそこに残した黄色いテープをためらいもせずくぐり抜けて、現場に歩いていった。コンクリート製の欄干から下を覗きこんでいる。携帯電話で写真を撮りはじめた。縁から後ろ向きに遠ざかり、さらに撮影する。

百舌はいくつかのことを悟った。ここであの男を殺したのがすでに自分の仕業だとバレていた。記者はそのことを知っており、彼が警察と検屍局内部に情報源を持っていることを示していた。残る問題はヴォーゲルに関することだった。ヴォーゲルはなにを知っていて、だれとそれを共有している？

ヴォーゲルは警察と話をしているのか、それともこの記者と話をしているのか？

最終結論——いまこの記者を排除するのは、彼がヴォーゲルにたどり着くための最高のチャンスであるかもしれない以上、間違いだろう。

百舌は計画を変更し、記者を生かしておくことに決めた。いまのところは、まだ。

# JACK

## 34

夕方近くにわたしはオフィスに戻り、RogueVogueから得た新しい発言と情報をエミリーに伝えはじめた。エミリーはすでに千五百語の記事を書き上げており、それは一般的には読者の読み疲れがはじまる境界だとフェアウォーニングでは考えられていた。だが、今回のあらたな情報は決定的なものだった。RogueVogueは、ダーティー4ウェブサイトを創設し、殺人犯に死と破壊の道を敷いたふたりの男のひとりだった。

「ほかの箇所を切り詰めなきゃダメでしょうね」エミリーは言った。

「マイナーな情報の一部は続報用に取っておける」わたしは言った。「たくさん続報がありそうだ」

われわれはエミリーの間仕切り区画のなかにいっしょに座っていた。

「まさしく」エミリーは言った。「でも、いい情報があるなら、それを入れようとしない理由はない」

「やつのオンライン名しか手に入っていないという理由でマイロンは赤い旗を振って、やめさせようとすると思うかい？」

「振るでしょうね。その男が本人だという確信は百パーセントあるの？」

わたしはその点について少し考えてから、うなずいた。

「彼は明らかにハモンドのパートナーのものであるアドレスに送った電子メールに返事をしたんだ。そしてあのサイトについて、そしていま起こっていることについて、本人だと確認するのに充分な内容の発言をしていた。だから、名前は手に入れていないが、彼だ。確実だ」

エミリーはうなずいて同意を示したり、なにか言ったりしなかった。それは、百パーセント確信を持っていない情報が含まれている記事に自分の名前を載せることにまだ抵抗があることを示していた。

「わかった」わたしは言った。「しないですむように願っていたんだが、レイチェルに連絡して、やつの特定にＦＢＩで進展があったかどうか確かめてみよう」

「なぜ彼女に連絡するのを避けているの？」エミリーが訊いた。

わたしは自分が窮地に陥ったことを悟った。レイチェルとわたしのあいだに生じた亀裂のことをエミリーに明かさねばならないだろう。

「彼女はあることで捜査局の側についたんだ」わたしは言った。

「それはなに？」エミリーが訊いた。「わたしたちには彼女が必要よ、ジャック。彼女は捜査局を相手にするこちら側の人間なんだから。いったんこの記事が発表されれば、うちにはそれがほんとうに必要なの」

「問題は、FBIはわれわれに発表させたくないということだ。自分たちが犯人に狙いをつけているのを本人に知られて警戒されることになるから、犯人が姿を消すのを彼らは怖《おそ》れている。こちらの言い分は、われわれがまっとうな警告《フエアウオーニング》と呼ばれているのは理由があるというものだ。われわれは市民にこの犯人のことを警告しなければならない。やつはきょうだけでふたりの人間を殺しており、ダーティー4によって身元を突き止められている女性たちのリストを持っている」

エミリーはうなずいた。

「あなたに賛成よ」エミリーは言った。「われわれはいますぐゴーをかけないと。マイロンが帰らないうちに原稿を見せるべき？」

「まずレイチェルに連絡がつけられるかどうか、確認させてくれ」わたしは言った。

「それから、手にしているものの完全なアップデートをおこなおう」

「で……あなたたちふたりのあいだにむかしなにがあったの？」

「われわれはただ……おれがヘマをやってしまい、彼女が起こったことの代償を払ったんだ」

「どうしてそうなったの？」

自分がこの話をしたいのかどうか判断しなければならなかった。その話をすることが、祓《はら》い清めることになるかもしれない、と思った。だが、われわれはネタを追いかけている最中だった。

「知れば役に立つかもしれない」エミリーが言った。「レイチェルがこの一件の仲間になった以上」

わたしはうなずいた。そうだと思う。

「おれはビロードの棺桶で働いていた」わたしは言った。「で、レイチェルとおれはいっしょに暮らしていたんだ。秘密だった。別々の住《す》み処《か》を持っていたし。だけど、それは見せかけだった。おれは連邦警察が汚職を調べているあるロス市警警官に関する記事に取り組んでいた。その男は連邦大陪審に起訴されたが、不起訴に終わったと証言する情報源がいた。対象者が現職の連邦検事の弱みを握っているから、潰されたんだ、と」

「あなたはレイチェルに協力を依頼したの？」エミリーが訊いた。

「頼んだ。彼女はおれのために大陪審の起訴資料を手に入れてくれて、われわれはそれを公表した。連邦検事は訴えを起こし、裁判長は怒り心頭に発して、おれを法廷に引きずりだした。おれは情報源を明かそうとしなかった。判事は法廷侮辱罪でおれを牢屋に放りこんだ。その間、問題の警官は自殺してしまい、自分はマスコミに――つまり、おれに――迫害された無実の人間であるという遺書を残した。それにはおれはまったく同情しなかったが、二ヵ月が経ってもおれはまだ牢屋のなかにいた」

「レイチェルが名乗りでたのね」

「そうだ。彼女は自分が情報源であることを認めた。おれは釈放され、彼女は職を失った。お話は終わり、ふたりの関係も終わり」

「うわ。きついね」

「レイチェルはもともと連続殺人犯やテロリストを追いかけていたんだ。いまは、企業のための身元調査をするのが大半だ。そして、それはすべておれのせいなんだ」

「あなたが無理矢理やらせたんじゃないでしょ」

「それは問題じゃない。もし起訴資料を入手したらなにが起こるかおれはわかっていた。それでも受け取ったんだ」

そのあとエミリーは黙りこんだ。それでわたしも黙った。わたしは立ち上がり、椅子を自分の間仕切り区画まで転がしていき、レイチェルの携帯電話にかけた。彼女はすぐに出た。彼女が移動している車に乗っているのがわかった。

「ジャック」

「やあ」

「いまどこにいるの？」

「オフィスで、記事に取り組んでいる。捜査局を出たのかい？」

「ええ。あなたに電話をかけようとしていたところ」

「家に帰るのか？」

「いえ、まだ帰らない。なにかあった？」

「きみときみのＦＢＩの友人たちがローグの身元確認に成功したかどうか気になったんだ」

「あー、あまり成果はない。まだ調べているところ」

わたしはふいに疑心暗鬼になった。

「レイチェル、いま彼に近づいているんじゃないだろうな？」

「いえ、まったくそんなことはないわ。そうだったら、話すわよ、ジャック」

「じゃあ、なにが起こっているんだ？　午後一度もきみから連絡がなく、きみはどこへいくのかおれに言わないでどこかにいこうとしている」

「言ったでしょ、電話しようとしていたって。信頼してくれてありがとう」

「すまん。だけど、おれのことはわかるだろ。知らないことに対して疑心暗鬼にかられがちなんだ。なにを連絡してくれるつもりだったんだ？」

「ほかに被害者がいないか確かめようとしていると言ったでしょ、覚えてる？　あなたが持っている事件はすべて、あの検屍官ウェブサイトで言及された人々の事件だった。捜査局はそれよりも深い調査をおこなっているところ」

「オーケイ、それはいいね。なにか見つけたのか？」

「ええ。もっと事件があり、もっと多くの女性が首を折られていた。だけど、捜査局の用意ができるまえにあなたたちが記事を発表したなら、そちらの件を捜査局はあなたたちと共有しないわ。彼らはあしたそちらに出向いて、取引をしようとする。もし発表を控えてくれたなら、彼らはもっと多くの事件をそちらに渡すでしょう」

「クソ。いったいどれくらいの件数になるんだ？」

「少なくともほかに三件の死亡した被害者がいる――あなたがきょう言っていたツーソンの事件を含めて」

そこでわたしは口をつぐんだ。それってどういう意味だ？

「死んでない被害者がいると言っているのかい？」

「まあ、ひとりはいることになるかな。そこにあたしは向かっているの。同様の手口で女性の首が折られた暴行事件をほかにも見つけているの。だけど、被害女性は死ななかった。四肢麻痺《まひ》になったの」

「ああ、神さま。彼女はどこにいるんだ？」

「パサディナの事件。ファイルを調べたところ、合致するように思われた。似顔絵があるの。彼女は犯人とバーで出会っている」

「なにがあったんだ？　どうやって彼女を見つけたんだ？」

「犯人は彼女が死んだと思ったのにちがいないわ。彼は彼女を丘の上の階段から突き落とした。パサディナの秘密の階段って、聞いたことない？」

「ない」

「その界隈《かいわい》にはあちこちに階段があるんでしょうね。首の骨を折ったあと、彼は彼女の体を階段に運んで、投げ捨て、事故のように見せかけようとした。だけど、夜明けに階段を走っていた人が彼女の体を発見し、まだ脈があったの」

「ということは、やつはパサディナを知っているということか？　その場所が大きな手がかりになるかもしれない」

「まあ、秘密の階段と呼ばれているけど、実際にはそれほど秘密でもなんでもない。イェルプのレビューやインターネットのいたるところに写真が載っている。百舌がオンラインで〝パサディナ　階段〟を検索するだけで、見つかったでしょう」

「DNAはどうだった？　被害者はGT23社に送ったのか？」

「わからない。それは事件のファイルには入っていなかった。だから、いま彼女にインタビューしようとしているの」

「ひとりで？」

「ええ、ひとりで。この件の捜査官たちはあしたになるまで、動きまわらない。ほかにやっていることがありすぎて」

わたしは環椎後頭関節脱臼について初期に検索したことを思い出した。致命的とはかぎらないのだ。

「どこだ？」わたしは訊いた。「きみに会いにいく」

「それがいいとは思わないな、ジャック」レイチェルが言った。「あたしは捜査官としていくの。彼女は記者とは話したがらないかもしれない――もし話をできるとしても」

「かまわない。きみがインタビューをすればいい。でもおれはその場にいたい。どこへいくんだ？」

間が空いた。わたしは彼女との壊れやすい関係に関するあらゆることが危機に瀕《ひん》しているのを感じた。

「アルタデナ・リハビリ施設」ようやくレイチェルは言った。「グーグルで住所を検索して。彼女の名前は、グウィネス・ライス。まだ二十九歳の若さなの」

「いまから向かうよ」わたしは言った。「待っていてくれ」

わたしは電話を切り、エミリーの間仕切り区画にいき、さらに被害者がいて、まだ生存している被害者にいまから会いにいく、と伝えた。ＦＢＩが計画している取引の提案についてもエミリーに話した――公表を遅らせるのと引き換えに、ほかの被害者の情報を与えるという。

「どう思う？」エミリーは訊いた。

「わからん」わたしは答えた。「それについて考えるには、あすまで時間がある。おれがこのインタビューを手に入れようとするあいだに、マイロンとその件について話してくれないか？」

「いいわ」

「ところで、百舌の似顔絵があるそうだ」

「それも取引の一部？」

「その一部にしてみせる」

わたしは机から鍵束をつかむと、急ぎ足でオフィスをあとにした。

## 35

レイチェルは、アルタデナ・リハビリ施設のロビーでわたしを待っていた。完全に仕事モードだった。ハグはなく、ハローもなく、ただ、「ずいぶん遅かったわね」の一言だけだった。

レイチェルは踵《きびす》を返《かえ》し、エレベーターが一対並んでいるほうへ向かい、わたしは追いつかねばならなかった。

「被害者の父親があたしに会うことに同意してくれた」エレベーターに乗り、３のボタンを押すと、レイチェルは言った。「いま彼は娘さんといっしょにいる。覚悟しといて」

「なんに対して？」わたしは訊いた。

「これはいい場面にはならない。四ヵ月まえに事件は起こり、被害者――グウィネス――は、身体的に、あるいは精神的に、健康な状態ではないの。人工呼吸器につながれている」

「わかった」

「それから紹介は、あたしにやらせてね。彼らはまだあなたのことを知らない。あからさまにしないで」

「あからさまにするとは？」

「あなたが記事の取材でここに来ていることを。あたしがメモを取ったほうがいいかもしれない」

「たんに録音すればいいと思うが」

「録音するものはなにもない。彼女はしゃべれないの」

わたしはうなずいた。エレベーターはゆっくりと動いた。階数は四階しかなかった。

「ここに来たのは記事のためだけじゃない」わたしは誤解を解くために言った。

「ほんと？」レイチェルが言った。「さっき話したときには、あなたが気にしているのはそれだけだと思ったけど」

エレベーターのドアがあき、いまの件にわたしが弁明するまえにレイチェルは降りた。

われわれは廊下を通り、レイチェルが三〇九号室のドアをノックした。待っていると、男性がドアをあけ、廊下に出た。六十歳ほどの年齢で、疲れた表情を浮かべていた。彼はドアをうしろ手に閉めた。

「ライスさん？」レイチェルが訊いた。

「はい、わたしです」彼は言った。「あなたがレイチェル？」

「はい、電話でお話ししましたね。訪問を許可していただき、ありがとうございます。その際申しましたように、わたしはＦＢＩを引退した人間ですが、いまも──」

「お見受けしたところ、引退するには若すぎるようだが」

「そうですね、それでまあ、腕が落ちないように、捜査局とはときおりいっしょに仕事をしています。今回の事件のような場合に。それから、ジャック・マカヴォイを紹介させて下さい。彼はフェアウォーニングで働いており、最初にすべての事件を結びつけ、事件捜査を捜査局に持ちこんだジャーナリストです」

わたしは手を差しだし、ライス氏とわたしは握手をした。

「お会いできて嬉《うれ》しいよ、ジャック」ライスは言った。「あなたのような人が四ヵ月まえにいて、男のことをグウィネスに警告してくれればよかったんだが。とにかく、入ってくれ。娘には、来客があること、ついになにか手が打たれようとしていることを伝えた。あらかじめ言っておかねばならないが、これには時間がかかる。娘は画面と、マウススティック・スタイラスというものを使って、意思疎通を図っているんだ」

「問題ありません」わたしは言った。

「ちょっとした驚きなんだ」ライスは言った。「歯と口蓋がキーボードになっている。日々、娘はそれが上手になっている。とにかく、娘は疲れやすく、どこかの時点でやめてしまうだろう。けれども、なにが得られるか確かめてみよう」

「ありがとうございます」レイチェルが言った。

「あともうひとつ」ライスは言った。「あの子は地獄を経験した。この面会は心安らかなものにはならないだろう。する必要はないと娘には言ったんだが、娘はやりたがっている。あの邪《よこしま》な男を捕まえたいと願っており、あなたがたならそれをやれると期待している。だが、同時に娘は不安定なんだ。気を楽にしてやってくれというのが、言いたいことだ、いいかい？」

「わかりました」レイチェルは言った。

「もちろんです」わたしは付け加えた。

それを聞いて、ライスはドアをあけ、部屋のなかに戻った。わたしはレイチェルを見て、彼女にうなずいてから、あとにつづいた。

部屋は手すり付きの病院ベッドの上の柔らかなスポットライトに照らされ、ほのかに明るかった。グウィネス・ライスはベッドの上で四十五度の角度に起こされ、その脇には彼女の状態をモニターし、呼吸を助け、栄養を補給し、老廃物を取り除く装置や管が並んでいた。彼女の頭部は足場のような骨組みで固定されており、少なくとも二ヵ所で頭蓋骨にネジ留めされているようだった。

まったくもって恐ろしい場面であり、わたしの最初の本能は目をそらすというものだったが、もしそんな反応をすれば、彼女が気づき、インタビューがはじまらないうちに拒否されることになるかもしれない、とわかっていた。そのため、わたしは彼女をまっすぐ見つめ、うなずいて、部屋に入った。

ヘッドボードに取り付けられ、延長されて、グウィネスの目の高さまで伸びている金属製のアームがあった。それに取り付けられているのは、背中合わせになっている二枚の小型液晶ディスプレイで、一方を彼女が見て、他方を面会者が見られるようになっていた。

グウィネスの父親が最初にしたのは、ベッドサイドテーブルから折り畳まれたペーパータオルを手に取り、涎《よだれ》が溜《た》まっている娘の口元を拭いてやることだった。彼女の口の右側からとても細いグラシン線が延び、頬を伝って、電子組み立て装置に取り付けられている電線や管の集合体につながっているのが見えた。

父親はペーパータオルを脇に置いて、われわれを紹介した。

「グウィニー、こちらはレイチェル・ウォリング、さっきおまえに話しておいた人だ」父親は言った。「この人はおまえやほかの女性の事件でFBIと協力して働いている。そして、こちらがジャック。ジャックは今回の事件そのものを発見して、レイチェルとFBIに連絡したライターさんだ。こんなことをやった男に関しておまえにいくつか訊きたいことがあり、おまえは好きなように答えればいい、いいね？　無理強いはしない」

グウィネスがあごと口のなかの舌を動かすのが見えた。すると、われわれのほうに向いている画面にOKの文字が現れた。

こういうことになっているのか。

レイチェルはベッドのかたわらに移動し、ライス氏は彼女が座れるように椅子を運んだ。

「グウィネス、これがあなたにとってとても困難なことかもしれないとわかっているし、わたしたちはあなたが快く協力してくれることにとても感謝している」レイチェルは話しはじめた。「わたしが訊ねることに率直に答えてもらえれば、それでいいと思う。もしわたしが訊いたことに答えたくないなら、それはそれでまったくかまわない」

ＯＫ

これによってわたしは自分のネタの傍観者になったが、口火を切るのは、レイチェルに任せてみるつもりだった。質問したいことがあると思った場合は、彼女の肩を叩いて、部屋の外で相談すればいい。

「まず、あなたが経験したことに対して、たいへん気の毒に思っているということをお伝えしたいの」レイチェルは言った。「こんなことをやった男は、邪悪な存在で、わたしたちは彼を見つけ、凶行をやめさせるためあらゆる手立てを取っています。あなたの協力はこのうえもなく貴重なものになるはず。パサディナ市警はこの事件が起こったとき、独立した事件として対処しているようだった。いま、わたしたちは、ひとりの男があなたのような女性を何人も傷つけたと考えている。なので、きょうわたしがやりたいのは、そいつに集中することなの。そいつが何者で、どうやってあなたを選んだのか、そうしたことの性質を探る。それによってその男のプロファイルを作成し、本人の特定に役立てる。だから、わたしの質問のなかには奇妙に思えるものがあるかもしれない。だけど、それには目的があるの。ここまではいいかしら、グウィネス？」

ＹＥＳ

レイチェルはうなずき、ついでわたしとライス氏をチラッと振り返り、なにか付け加えることがないか確かめようとした。われわれには付け加えることはなかった。レイチェルはグウィネスに向き直った。

「オーケイ、では、はじめましょう。この犯人が被害者を選んだ方法を知るのは、とても重要なことなの。わたしたちにはひとつの仮説があり、それについて訊ねたいの。あなたは過去になんらかのＤＮＡ遺伝子検査あるいは医学的分析をしたことはある？」

グウィネスのあごが動きはじめたのをわたしは見た。まるで彼女がなにかを食べているかのように見えた。文字はつねにすべて大文字で出てきた。インタビューが進むにつれわかったのだが、単語の句切りは自動スペルチェック機能を通しておこなわれているようだった。

YES

ライス氏が驚いて顔を起こすのが見えた。娘が自分のDNAを調べていたことは知らなかったのだ。家族のなかの触れられたくない話題なんだろうか、とわたしは思った。

「あなたはどの会社を利用したの？」レイチェルが訊いた。

GT23

わたしにとって、それは彼女が百舌の被害者であることを確認したのも同然だった。だが、どうにかして彼女は生き延びて、それについて発言することができた。たとえそれが負傷によって厳しく制限された生であったとしても。

「オーケイ、この事件が起こった夜の話に移りましょう」レイチェルは言った。「最初の捜査がおこなわれたとき、あなたはきわめて危機的な状況にいました。刑事たちはバーの外から撮影されたかなり粗い映像をもとに捜査をせざるをえなかったんです。あなたが意思疎通できるようになると、別の刑事が事件を担当したんですが、だれが犯人かについてあまり多くの質問をあなたにしなかったようです——」

彼は怖がっていた

「『彼は怖がっていた』」レイチェルは画面から読み上げた。「だれが怖がっていたんです？　その刑事ですか？」

ええ　彼はここにいてわたしを見たくなかった

「なるほど。わたしたちは怖がっていませんよ、グウィネス」レイチェルは言った。「それは保証します。われわれはあなたをこんな目に遭わせた男を見つけるつもりであり、彼は自分の犯罪の報いを受けるでしょう」

あいつを生かしておかないで

レイチェルはそのメッセージが画面に現れると、黙った。グウィネスの茶色の目に暗い輝きがあった。その瞬間をわたしは尊く思った。

「これだけは言えます、グウィネス」レイチェルは言った。「あなたの気持ちはわかりますし、この男が見つかり、正義が果たされるのをあなたは知るべきです。さて、このインタビューはあなたを疲れさせるとわかっていますので、質問に戻りましょう。その夜の記憶で、戻ってきたものはありますか？」

悪夢のように部分的に

「それについて話してもらえますか？　なにを思いだしました？」

彼はわたしにお酒をおごってくれた　彼はすてきだと思った

「いいでしょう、彼が話すときの口ぶりでなにか特徴的なことがあったと覚えていますか?」

NO

「彼は自分自身について話しましたか?」

全部嘘だったんでしょ?

「かならずしもそうとはかぎりません。真実に近い話をするより、嘘に基づいて会話をつづけるほうが難しいんです。両方を混ぜ合わせていた可能性があります。たとえば、なにをして生計を立てていると彼は言いましたか?」

コードを書いていると言った

「オーケイ、それはこの男についてわれわれがすでに知っていることに通じます。ゆえに、それは真実である可能性があり、とても役に立つ情報になりえます、グウィネス。どこで働いていると言ってましたか？」
覚えていない
「あなたはそのバーの常連でしたか？」
とても頻繁に出入りしてた
「その店で以前に彼をみかけたことがありましたか？」
いいえ　街に来たばかりだと言った
アパートをさがしていた
レイチェルのインタビューの進め方に感心した。聞く人の心が落ち着くような声で、信頼関係を築いていた。グウィネスの目を見ればそれがわかった。レイチェルが持っていない情報を渡してレイチェルを喜ばせたがっていた。質問をして話に割り込む必要はない、とわたしは思った。レイチェルが関連するすべての質問にたどり着くだろう、とわたしは確信していた——グウィネスが疲れないかぎり。

そんな感じでさらに十五分インタビューはつづき、レイチェルはグウィネスをひどく傷つけた男の行動と性格のちょっとした細部を引きだした。

すると、レイチェルは肩越しにグウィネスの父親を振り返った。

「ライスさん、これからグウィネスにいささか個人的な質問をするつもりです」レイチェルは言った。「あなたとジャックは少しのあいだ、外に出ていてもらったほうがいいかもしれないと思っています」

「どんな質問なんだね？」ライスが訊いた。「この子を動揺させたくないんだ」

「心配しないでください。そういうことは起こりません。言うなれば、女性だけで話したほうが答えやすいと思っているだけです」

ライスは娘を見下ろした。

「大丈夫か、ハニー？」ライスは訊いた。

大丈夫　パパ　出てちょうだい

それにつづけて、

答えたいの

わたしは追いだされるのは好きではなかったが、理屈はわかった。レイチェルは一対一で質問したほうがより多くの答えを得られるだろう。わたしはドアに向かい、ライスがあとにつづいた。廊下でわたしはカフェテリアがあるのかどうか訊いてみたが、廊下の先のアルコーブにコーヒーの自販機があるだけだ、との答えだった。

われわれはそちらへ移動し、わたしがひどい味のコーヒーを奢《おご》った。廊下を歩いて戻るまえに、われわれはそこに立ったままチビチビとコーヒーを啜《すす》って液面を下げた。レイチェルがいまやっていることをやろうと決めた——対象者に一対一をしかける。

「娘さんがああしているのを見るのは、あなたにとってさぞかしお辛いことだと思います」わたしは言った。

「言いだしたらきりがない」ライスは言った。「悪夢だ。だが、わたしは娘のためにここにいる。あの子に必要なことはなんでも、あの子をこんな目に遭わせたクソ野郎を捕まえるのに役に立つことはなんでもやるつもりだ」

わたしはうなずいた。

「仕事はどうしているんです？」わたしは訊いた。「あるいは、これは――」

「わたしはロッキードのエンジニアだった」ライスは言った。「あの子のためにここにいられるよう早期退職したんだ。わたしにとって大切なのはあの子なんだ」

「写真に写っていたのは、彼女の母親ですか？」

「妻は六年まえに他界した。われわれはグウィネスをケンタッキーの養護施設から養子に迎えた。ＤＮＡを調べたというのは、生みの母や家族をさがそうとしたからだと思う。それがこんなことに関係しているというなら……ジーザス・クライスト」

「それがわれわれの見ている切り口です」

わたしは廊下を引き返しはじめた。三〇九号室のドアに達するまで、われわれはそれ以上話さなかった。

「娘さんの状況に役立つような治療はあるんですか？」わたしは訊いた。

「毎朝、インターネットを検索している」ライスは言った。「医者や研究者やマイアミ麻痺治療プロジェクトやらなにやらに連絡を取った。もしなにか方法があるなら、見つかるはずだ。現時点での一番大事なことは、人工呼吸器を外して自発呼吸をし、自分で話せるようになることだ。そして、それは一般に思われるほどありえないことではない。あの子は——どうにかして——生き延びた。男はあの子が死んだと思い、階段の下へ捨てたんだ。だが、あの子は生きていた。あの子を生かしているものがなんであれ、息をさせつづけているものがなんであれ、まだそこにある」

わたしはうなずくことしかできなかった。ここはまったくわたしの専門外の分野だった。

「わたしはエンジニアだ」ライスは言った。「つねにエンジニアのように問題を見てきた。問題の正体を突き止め、それを直す。だが、この場合、正体を突き止めるのは——」

部屋のドアがあき、レイチェルが外に出てきた。彼女はライスを見た。

「娘さんは疲れてきたようですが、インタビューはほぼ終わりました」レイチェルは言った。「ですが、彼女を動揺させるかもしれないので最後まで取っておいたものを見せたいと思っています」

「それはなんだね？」ライスは訊いた。

「あの夜、バーにいて、容疑者と娘さんがいっしょにいるところを目撃した人たちの協力で作成された男の似顔絵です。それが彼女の記憶と一致するのかどうか、彼女に教えてもらう必要があります」

ライスはその絵を見たときの娘の示しうる反応について考え、一瞬、黙った。やがて彼はうなずいた。

「わたしがそばにいます」ライスは言った。「それをあの子に見せましょう」

わたし自身その似顔絵を見ていないことに気づいた。部屋にふたたび入るとグウィネスの目はとじられていて、わたしは彼女が眠っているのではないか、と思った。だが、さらに近づくと、彼女が目を閉じているのは泣いているからだと気づいた。

「ああ、グウィニー、大丈夫だ」ライスは言った。「大丈夫だよ」

ライスは折り畳まれたペーパータオルをふたたび手に取り、娘の頰の涙を吸い取った。ひどく胸を締め付けられる瞬間だった。悲鳴が自分の胸のなかで大きくなってくるような気がした。その瞬間、百舌は記事のなかの抽象的な対象から、見つけだしたい生身の悪党に変わった。そいつの首をへし折ってやりたかったが、そいつのせいでこの女性が送らねばならないのとおなじ生き方で生かしておきたかった。

「グウィネス、最後にひとつお願いがあるの」レイチェルが言った。「絵を見てほしい――あの夜、あなたといっしょにバーにいた人たちの協力で作成された似顔絵を。それがこんなことをあなたにした男と似ているかどうか教えてほしい」

グウィネスは黙った。なにも画面に現れない。

「かまわないかな、グウィネス？」

さらなる沈黙。が、やがて――

見せて

レイチェルは尻ポケットから携帯を取りだし、写真アプリをひらいた。似顔絵を呼びだし、その写真をグウィネスの顔から三十センチのところで支え持った。

グウィネスの目があちこちに動き、その絵の写真を詳しく見つめた。

やがて彼女のあごが動きだした。

YES
あいつだ

「この似顔絵の男は、わたしには三十代半ばに見える」レイチェルは言った。「それってあなたが覚えているのとおなじ？」

ふたたびグウィネス・ライスの顔に涙がこぼれはじめた。父親がペーパータオルを手に近寄る。レイチェルは立ち上がって、うしろに下がり、携帯電話を尻ポケットに戻した。

「大丈夫、グウィニー。もう大丈夫だ」ライスが慰めた。「すべて大丈夫になるよ、ベイビー」

レイチェルはわたしを見てから、ベッドに視線を戻した。その瞬間、彼女の目に苦悩を見て、彼女にとってもこれはたんなる臨床面接ではないのだとわかった。

「ありがとう、グウィネス」レイチェルは言った。「あなたはすばらしい協力をしてくれた。われわれはこいつを捕まえます。そうなったら、あなたに話しに戻ってきます」

ライスが目のまえから離れると、レイチェルはベッドの隣の先ほどのポジションに戻り、グウィネスを見下ろした。ふたりは絆《きずな》で結ばれていた。レイチェルはグウィネスの顔に手を伸ばし、そっと頰に触れた。

「約束する」レイチェルは言った。「こいつを捕まえてみせる」

グウィネスのあごが動きだし、会話のはじめに送ったのとおなじメッセージを彼女は繰り返した。

あいつを生かしておかないで

## 36

建物を出て、駐車場に歩いていくまで、われわれは話をしなかった。外はもう暗くなっていた。

車を乗り入れたとき、レイチェルの青いＢＭＷを見かけて、その隣に停めていた。

われわれはそれぞれの車のうしろで立ち止まった。

「きつかったね」レイチェルは言った。

「ああ」わたしは言った。

「廊下でパパの様子はどうだった？」

「うーん。あの状況でなんと言えばいいのかわかった例《ためし》がない」

「ああしなければならなかったの、ジャック。彼を部屋から出さないと。詳細を知ることが重要だから、彼女には自由に話してほしかった。彼女の身に起こったことは、われわれが話すことができないほかの犠牲者にも起こったことだと推定できる。グウイネスは、ひな型を提供してくれるの」

「で、どんなひな型なんだ？」

「そうね、たとえば。レイプはなかった。彼女は自分のアパートに彼を招いたの。彼が住む場所をさがしているような様子だったから、比較のため自分の住戸を見せるという建前で。ふたりは合意に基づくセックスをした——男はコンドームを使用した——だけど、最後までには至らなかった。勃起を維持できなかった。いったん抜いてから、悪夢がはじまったの。彼は彼女をベッドから無理矢理離れさせ、バスルームの鏡のまえに裸で立たせた。彼は前腕で彼女の首を固めて捻《ひね》るとき、その様子を本人に見せた」

「ああ、なんてやつだ」

「彼も裸だった。背中に再度勃起したものが当たるのを彼女は感じた。彼女をいまから殺そうとしているのだと思ったときにね」

「クソ野郎どもは被害者を殺す行為に高揚するんだ」

「連続殺人犯はみんなそう。だけど、レイプ行為はなかったという事実は重要なの。犯人がＤＲＤ４遺伝子のある女性を狙っている理由を理解するのに役立つ。被害者をベッドに連れこむ際にそれが自分を優位に立たせると考えているの。そこには心理劇が存在しているようなの。彼はレイプ犯にはなりたがっていない。自分がそう呼ばれるのは好きじゃないんだ」

「だけど、女性を殺すのはオーケイなんだ。まず最初にレイプしていなければ」

「不気味だけど、まれなことじゃない。サム・リトルのことを聞いたことがある？」

「ああ、ＦＢＩが言う史上最悪の連続殺人犯だ」

「ここＬＡで逮捕され、全米で九十件もの殺人事件の犯人とされていた。捜査官が彼をレイプ犯と呼ぶのをやめたとたん、それまでの殺害を自供しはじめたの——彼の場合、レイプ犯だったんだけど。サム・リトルは女性を殺したのを認めるのは、オーケイだったけど、一件のレイプも認めなかった」

「じつに不気味だ」

「でも、いまも言ったように、まれなことじゃないの。もしそれがわれわれのプロファイルの一部なら、犯人に尾行する動機を与える情報をあなたの記事か記者発表に戦略的に入れてみることができる」

「おれやエミリーやフェアウォーニングを追いかけさせるという意味か？」

「彼からあなたに連絡を取らせることを考えていた。内容を訂正させるためマスコミに連絡してくる連続殺人犯の先例はたっぷりある。安全対策をちゃんと講じるけどね」

「まあ、その件はちゃんと考えてみて、エミリーとマイロンに確認しなければならないだろう」

「もちろん。全員が共通の認識をもたないうちは、なにもしないわ。この段階で考えてみるべきひとつの件にすぎない」

わたしはうなずいた。

「ほかに今回のインタビューで知りえたことはあるかい？」わたしは訊いた。「プロファイラーとしてなにか印象に残ったことはあったかい？」

「ええ、明らかに彼は終わったあとで彼女に服を着せた」レイチェルは言った。「ポルトレロを除いて、全員が服を着ていた。ポルトレロ以前のすべての被害者が服を着せられてから、殺人であることを隠蔽しようとして、ときには巧みな形で落とされている。ほかの現場と、被害女性たちが住んでいた場所をよく見なければならないでしょうね。だけど、ポルトレロの場合は変化を示しているかもしれない。犯人は彼女を自宅アパートから動かしていない」

「ほかの女性の場合は、自宅でのセックスではなかったのかもしれない。彼女たちは犯人の滞在しているところや、彼の車やなにかにいたのかも。そのため、自分から彼女たちを引き離す必要があった」

「そうかもしれないな、ジャック。あなたもプロファイラーの素質があるわ」

レイチェルはキーを取りだし、車のロックを外した。

「こんどはなにをするんだ？」わたしは訊いた。「ここからどこへいく？　捜査局に戻るのか？」

レイチェルは画面で時間を確認しようと携帯電話を抜き取った。

「メッツに電話をかけ──彼はこの件を率いている捜査官なの──彼女と話したことを伝える。ほかの捜査官たちはあすの朝までグウィネスの件には関わらない。メッツはあたしがフライングしたのを喜ばないでしょうけど、ほかの件で彼の部下は忙しくなる。そのあと、きょうはおしまいにするつもり。あなたは？」

「たぶんおなじだ。エミリーに連絡を入れ、彼女がまだ書いているのか確かめてみる」

わたしはほんとうに訊きたい質問にたどりつくのをためらっていた。

「うちに来るかい、それとも自宅に帰る？」わたしは訊いた。

「いっしょに帰ってほしいの、ジャック？」レイチェルは訊いた。「あたしに腹を立てているようだけど」

「腹を立ててはいない。ただ、いろんなことが起こっているから。自分がはじめたこいつが、さまざまな人々によってさまざまな方向に向けられているのを見ている。だから、心配になっているんだ」

「あなたの記事が、ということね」

「ああ、そして、われわれは意見の相違を抱えている——発表するか、待つか」

「まあ、あすの朝まで決める必要がないというのはいいことじゃない？」

「そうだな」

「で、あなたの家であなたと一緒にいるわ」

「わかった。けっこうだ。ついてきてくれ。そうすれば車庫に入り、二番目の駐車スペースを利用できる」

「二番目の駐車スペースをあたしにくれるの？　そんな重要なステップを踏む用意をしているのって本気？」

レイチェルは笑みを浮かべ、わたしも笑みを返した。

「もしきみが望むなら、車庫のリモコンと鍵を渡すよ」わたしは言った。

ボールを返され、レイチェルはうなずいた。

「すぐあとについていくわ」レイチェルは言った。

レイチェルは自分の車のドアに向かって進み、メッツ捜査官に連絡できるよう、尻ポケットから携帯電話を取りだした。その様子を見て、わたしはあることを思いだした。

「なあ」わたしは声をかけた。「グウィネスに似顔絵を見せたとき、こちらからは見えなかったんだ。見せてほしい」

レイチェルはわたしのところへ歩いてきて、携帯電話の写真アプリを起《た》ち上げた。その画面をわたしのほうへ向けた。それは黒いふさふさした髪で鋭い黒い目をした白人男性をモノクロで描いたものだった。あごは角張っていて、鼻は低く、幅広かった。耳は側頭部からあまり横に向かって広がっていなかった。それぞれの耳の上端は髪の生え際に隠れていた。

男に見覚えがあると気づいた。

「ちょっと待った」わたしは言った。

手を伸ばし、レイチェルの手をつかんで、携帯電話を引っこめられないようにした。

「なに？」レイチェルが問いかける。

「こいつを知ってる気がする」わたしは言った。「つまり、どこかで見かけたと思う」

「どこで？」

「わからない。だけど、この髪の毛……それとあごの形が……」

「確かなの？」

「いや。ただ……」

頭のなかでここ数日の自分の行動を思い返していた。牢屋で過ごした数時間に集中する。こいつを男性中央拘置所で見かけたんだろうか？　激しい恐怖とさまざまな感情の入り混じる夜だった。なにを目にし、だれを見たのか、明晰《めいせき》な記憶があったが、その絵のなかにこの男がいたとは思えなかった。

わたしはレイチェルの手を離した。

「わからん、たぶん間違っているんだろう」わたしは言った。「いこう」

わたしは背を向け、自分のジープに近づき、レイチェルは彼女のBMW《ビーマー》に乗りこんだ。わたしはエンジンをかけ、助手席の窓越しにレイチェルにうなずいて、先にバックで発進させようとした。そのとき、どこであの似顔絵の男を見たのか思いだした。

わたしはエンジンを切り、ジープから飛び降りた。レイチェルは自分の車を停めていた場所から半分ほどバックで動かしていた。彼女は車を停止させ、窓を下げた。

「なんなの？」レイチェルが訊いた。

「どこでそいつを見たのか思いだした」わたしは言った。「似顔絵の男を。やつはきょう検屍局に停まっている車に座っていた」

「確かなの？」

「ありえないことのように聞こえるだろうが、あごの形と寝てる耳だ。確かだ、レイチェル。つまり、確信がある気がする。検屍局のなかにいるだれかを待っているんだと思った。ほら、家族やだれかを。だけど、いまになって思えば……おれを尾行していたんだと思う」

その結論にわたしはふいに振り返り、自分が立っている駐車場に目を走らせた。十台ほどしか車はなく、照明は弱かった。その車のどれかにだれかがいて、監視しているかどうか確かめようとしたら懐中電灯が必要だろう。

レイチェルは車を駐車モードにして、外に出た。

「どんな種類の車だったか、覚えてる？」

「あー、いや、考えないと。黒い色で、おれみたいに後ろ向きに駐車していた。それもおれを尾行していた可能性があるひとつのサインだった」

レイチェルはうなずいた。

「すばやく発進できる」レイチェルは言った。「その車は大型車だった、それとも小型車だった？」

「小さかったと思う」わたしは言った。

「セダン？」

「いや、スポーツカーのほうが近かった。流線形だった」

「どれくらい近いところに相手は停めていたの？」

「通路を挟んで、二台ほどうしろのほうだった。さぞかしおれがよく見えていただろう。テスラ——黒のテスラだった」

「いいわ、ジャック。その駐車場に防犯カメラはあったと思う？」

「あったかもしれないが、わからない。だけど、もしあれがそうだったら、なぜおれを尾行できたんだろう？」

「ハモンドね。ひょっとしたら彼らはあなたのことを知っていたのかもしれない。ハモンドが百舌に警告し、百舌は脅威を排除にかかった。あなたは脅威なの、ジャック」

わたしは彼女から離れ、二列の駐車場を歩いて、テスラあるいはステアリングホイールのまえに人が座っている車をさがした。なにも見つからなかった。

レイチェルが追いついてきた。

「あいつはここにはいない」わたしは言った。「ひょっとしたらまったくの勘違いかもしれない。つまり、似顔絵を材料にとやかく言っているんだ。だれだってありうる」

「ええ、でも、あなたはグウィネスの反応を見たでしょ」レイチェルは言った。「わたしはいつもなら似顔絵にたいして重きをおかないのだけど、彼女はあの似顔絵はそっくりだと思っていた。あなたは検屍局のあとどこにいったの？」

「エミリーに伝えるべきことを全部伝えようとしてオフィスに戻った」

「ということは、あいつはどこにフェアウォーニングがあるのか知っている。あたしがあそこにいたとき注意を払わなかったけど、外からなかの様子を見ることはできるの？」

「ああ、できると思う。玄関はガラス戸だ」

「外側からなにが見える、覗きこんだ場合？　犯人はあなたがエミリーといっしょに働いているのを目撃した可能性はある？」

何度か立ち上がってエミリーの間仕切り区画にいき、彼女と相談したのを思いだした。わたしは携帯電話を取りだした。

「クソ」わたしは言った。「エミリーはこのことを知っておくべきだ」

エミリーの携帯電話にかけたが応答はなかった。次にまだオフィスにいるとは思えなかったが、デスクの固定電話にかけてみた。

「どちらの電話にも出ない」わたしは報告した。

懸念が押し寄せて恐怖に変わった。レイチェルの目におなじ不安が浮かんでいるのがわかった。それはすべてグウィネス・ライスとのインタビューで増幅されていた。

「エミリーがどこに住んでいるのか知ってる？」レイチェルが訊いた。

わたしはエミリーの携帯電話にまたかけた。

「ハイランド・パークだとは知っている」わたしは言った。「だけど、正確な住所は知らない」

「それを手に入れないと」レイチェルは言った。

返事はない。わたしは電話を切り、マイロン・レヴィンの携帯電話にかけた。彼はすぐに出た。

「ジャック？」

「マイロン、エミリーの様子を確認しようとしているんだが、彼女が電話に出ないんだ。彼女の住所を知ってるかい？」

「ああ、知ってるが、どうした？」

わたしは、自分がきょう、いま書いている記事の中心にいる殺人犯に尾行されたという、レイチェルとわたしがわかちあっている疑念について、マイロンに話した。わたしの懸念はたちまちマイロンにも伝染し、彼は電話を保留にしてから、エミリーの住所をさがした。

わたしはレイチェルのほうを向いた。

「いま住所を手に入れようとしている」わたしは言った。「車を走らせよう。ハイランド・パークまで」

わたしは彼女の車の助手席に近づき、彼女は運転席に座った。マイロンが電話に戻ってきて、住所を読み上げるころには、われわれは駐車場を出ていた。

「なにかわかったらすぐに連絡してくれ」マイロンは言った。

「そうする」わたしは答えた。

すると突然、マイロンのことが頭に浮かんだ。エミリーと自分がオフィスで彼と相談していたときのことを。

「いま自宅かい、マイロン?」わたしは訊いた。

「ああ、家にいる」マイロンは言った。

「ドアを施錠してくれ」

「ああ、たったいまそれを考えていた」

# 37

マイロンにもらったアドレスをGPSアプリに入れ、案内音声をミュートした。わたしはレイチェルに口頭で指示を与えた。アプリのひっきりなしの案内はいつも煩わしいものだからだ。アプリは到着まで十六分を表示していた。われわれはそれを十二分でこなした。エミリーはフィゲロア・ストリートから外れたピエモント・アヴェニューにある古い煉瓦と漆喰《しっくい》造りの共同住宅に住んでいた。ガラスの玄関ドアがあり、その左手に八部屋それぞれに割り当てられたボタン付きのキーパッドが設置されていた。八号室のボタンを繰り返し押したが、応答はなく、わたしはほかの七つのボタンを全部押した。

「カモン、カモン」わたしは急《せ》かした。「ポストメイツの配達を待っている人間がいるはずだ。ドアをあけてくれ」

レイチェルは振り返り、背後の通りを確認した。

「エミリーがなにを運転しているか知ってる？」

「ジャガーだ。だけど、駐車車線は裏につながっているのを見た。たぶんそちらに駐車場所があるんだろう」

「ひょっとしたら、あたしがいって――」

電子錠が音を立てて解錠され、われわれは建物のなかに入った。どの部屋が応答して、ついにドアをあけたのか確認しなかったが、われわれがこんなに簡単に入れるのなら、百舌もおなじように入れるだろうとわかった。

八号室は二階の廊下の突き当たりにあった。ドンドンとノックし、エミリーの名前を呼んでもだれも応答しなかった。ドアを試してみたが、鍵がかかっていた。わたしはもどかしくうしろに下がった。恐怖が体のなかでふくらみはじめていた。

「どうしたらいい？」わたしは訊いた。

「もう一度電話してみて」レイチェルは言った。「ドア越しに呼びだし音が聞こえるかもしれない」

わたしは廊下を六メートル戻って、電話をかけた。自分の側で呼びだし音が聞こえはじめると、わたしはレイチェルにうなずいた。彼女はわたしのほうをじっと見ながら、耳を八号室のドアの側柱に当てた。電話は伝言モードにつながり、わたしは切った。レイチェルは首を横に振った。なにも聞こえなかったのだ。

わたしはレイチェルとドアのところに戻った。

「警察に連絡すべきだろうか？」わたしは訊いた。「安否確認が必要だと伝えるか？あるいは、大家に連絡するか？」

「ここは人を常駐させない管理のようね」レイチェルは言った。「入り口の空き部屋ありの看板に番号が書いてあった。あたしはそれを見て、電話をかける。あなたはそこが裏の駐車場につながってるか、エミリーの車がここにあるかを確かめて」

レイチェルは廊下の突き当たりにある非常口を指さした。

「締めだされないように気をつけて」わたしは言った。

「されないわ」レイチェルは言った。

わたしは彼女が去っていき、階段に姿を消すのを見た。わたしは非常口に近づき、警報が鳴るだろうかと考えた。一瞬ためらってから、バーを押すと、勢いよくドアを開けた。警報は鳴らなかった。

外付け階段の降り口に足を踏みだすと、階段を降りたところが建物の裏手にある狭い駐車場であるのが見えた。降り口にはバケツに入ったモップがあり、吸い殻で半分ほど埋まっている缶があった。この建物のだれかが喫煙をしているが、自分の居室では吸っていないのだ。わたしはさらに歩を進め、手すり越しに下の上り口にあるものを見ようとした。空の植木鉢と園芸用品がいくつかあった。

ドアが背後で閉まった。ハッとしてわたしは振り返った。ドアの外側には鋼鉄の取っ手があった。それをつかみ、回そうとした。ロックがかかっていて回らなかった。

「クソ」

わたしはドアをノックしたが、レイチェルが八号室に戻ってくるのを期待するのは早すぎるとわかっていた。階段を降りて駐車場にいき、エミリーの車をさがしまわった。銀色のジャガーSUVだったが、その車は見当たらなかった。そののち、アクセス路をたどって、建物の正面にまわった。アクセス路を歩きながら、建物の二階の窓を見上げ、エミリーの部屋だと判断した住戸の窓に明かりが灯《とも》っているかどうか確かめようとした。窓はすべて暗かった。

建物の正面にたどり着くと、レイチェルの姿はなかった。携帯電話を取りだし、彼女にかけたが、通りの動きに気を取られた。ピエモント・アヴェニューに路駐している車のうしろで一台の車が動いているのが見えた。それが次のドライブウェイの入り口を通過するとき、ほんの一瞬、車の様子が見えた。

「ジャック？　どこにいるの？」

レイチェルが電話に出ていた。

「正面に出ている。たったいま、一台の車が通りすぎていくのを見た。音がしなかった」

「テスラ？」

「わからない。そうかもしれない」

「わかった、あたしはやってくるのを待つつもりはない」

「なんのことだ？」

「大家」

くぐもったドンという音につづいて、大きな衝突音と木が割れる音が聞こえた。レイチェルが八号室のドアを蹴ったんだとわかった。建物の玄関ドアに近づいたが、それが閉ざされているのがわかった。

「レイチェル？　レイチェル、入れない。迂回《うかい》して――」

「あたしが入れてあげる」レイチェルは言った。「玄関ドアにいって」

わたしは階段を駆け上がって、玄関ドアに近づいた。そこにたどり着くと、ロックが音を立てて外れ、わたしはなかに入った。

わたしは内部階段を上がって二階にいき、八号室に向かった。

レイチェルはその住戸の入り口に立っていた。

「彼女はここにいない」

ドアの木製の枠の欠片《かけら》が戸口の床に落ちているのに気づいた。だが、住戸のなかにすっかり入ってみると、なにかが乱れている形跡はそれだけだった。

ここに来たことは一度もないが、きちんと整理されている場所だとわかった。居住空間でなんらかの争いが生じた痕跡はなかった。右側にある短い廊下は、バスルームのあいたドアにつながっており、左側の二番目のドアは、おそらく寝室だろう。

わたしはエミリーのプライバシーを侵害しているのを奇妙に思いながら、そちらに近づいた。

「無人よ」レイチェルが言った。

それでもわたしは寝室の戸口に立ち、身を乗りだして確認した。寝室の壁にあるスイッチを押すと、クイーンサイズのベッドの両側にあるふたつの照明が灯った。この住戸のほかの箇所同様、この部屋もきちんとしていた――ベッドはメイク済みで、上掛けは皺《しわ》もなく、腰を下ろされてすらいなかった。

次にバスルームを調べ、ビニール製のシャワーカーテンを勢いよくひらくと、無人の浴槽が現れた。

「ジャック、言ったでしょ、彼女はここにいないわ」レイチェルが言った。「こっちへ来て。さっきの車の話をして」

わたしはリビングルームにいった。

「ピエモントを北上してきたんだ」わたしは言った。「見ていなかったら、気づかなかっただろう。黒い色で、音がしなかった」

「検屍局であなたが見たテスラだった？」レイチェルは訊いた。

「わからない。よく見なかったんだ」

「オーケイ、考えてみて。その車が路肩から発進したばかりだったのか、それとも通りすぎていったのか、わかる？」

わたしは少し時間を取り、心のなかで車を走らせた。あの車はわたしの関心を惹いたときにすでに通りを移動していた。

「判断がつかない」わたしは言った。「見たときには、その車はすでに通りを移動していたんだ」

「オーケイ、あたしはテスラに乗ったことが一度もないの」レイチェルは言った。

「トランクは付いているの？」

「比較的新しいテスラには付いていると思う」

走り去るのを見かけたその車のトランクにエミリーが入れられている可能性があるかどうかレイチェルが訊いているのだとわかった。

「クソ――あの車を追わないと」わたしは言った。

「とっくにいなくなってるわ、ジャック」レイチェルは言った。「必要なのは――」

「いったい何事？」

われわれはふたりとも住戸の玄関ドアを振り向いた。

エミリーがそこに立っていた。

エミリーは、わたしがオフィスで着ていたのを見たのとおなじ服装だった。フェアウォーニングのロゴがついているバックパックを背負っていた。

「無事だったんだ」わたしは思わず声を上げた。

「無事にきまっているでしょ？」エミリーは言った。「わたしのドアを壊したの？」

「百舌が……ここにいたと思ったんだ」わたしは言った。

「なんですって？」エミリーが言った。

「なぜ電話に出なかったの？」レイチェルが訊いた。

「バッテリーが切れていたから」エミリーは答えた。「一日じゅう電話をかけていたのよ」

「きみはどこにいたんだ?」わたしは訊いた。「オフィスに電話したんだぞ」

「〈グレイハウンド〉」エミリーは言った。

わたしは、エミリーが運転するのを嫌っているのを知っていた。左側通行で運転して育ったため、アメリカで右側通行の運転をするのを怖がっていたからだ。だが、わたしは混同し、それを顔に出していたにちがいなかった。長距離旅行用のバス、グレイハウンドと。

「フィグにあるパブよ」エミリーは言った。「地元の行きつけの店。いったいなにが起こっているの?」

「わからん」わたしは言った。「きょう尾行されていると思ったんだ——」

「百舌に?」

ふいになにもかも不確かな気分になった。

「わからん」わたしは言った。「ひょっとしたらそうかも。検屍局でテスラに乗っている男がいて、おれは——」

「どうやってそいつはあなたを尾行することができたの?」エミリーが訊いた。「あるいは、それで言うなら、わたしを」

「たぶんハモンドだろう」わたしは言った。「ハモンドが百舌に伝えたか、あるいはコンピュータのなかか、ハモンドのラボから取っていかれた書類のなかになにかあったか」

わたしはエミリーの目に恐怖が浮かぶのを見た。

「わたしたちはどうすればいい？」エミリーは弱々しく言った。

「いい、ちょっとここでわれわれは落ち着くべきだと思うの」レイチェルが言った。「被害妄想にかられないようにしましょう。ジャックあるいはあなたが尾行されているかどうか、まだ確実なことはわかっていない。それにもしジャックが尾行されていたとしても、あいつがジャックからあなたに飛び移る理由があるかしら？」

「わたしが女性だからということはありえない？」エミリーが言った。

わたしは返事をしようとした。レイチェルの言うとおりかもしれなかった。これはすべて自分が、二十メートルは離れた駐車スペースに停まっていた車の運転席で見た顔と、似顔絵が一致していると思ったせいだった。拡大解釈かもしれない。

「わかった」わたしは言った。「いったんわれわれは――」

ひとりの男が戸口に現れて、わたしは口をつぐんだ。彼は満面にひげを生やし手に鍵束を持っていた。

「ウイリアムズさん？」レイチェルが訊いた。

男は床に落ちているドア枠の欠片を見下ろし、脇柱から一本の外れかけたネジでぶら下がっている受け座を調べた。

「わしを待ってくれると思ってたんだが」男は言った。

「ごめんなさい」レイチェルは言った。「緊急事態だと思ったんです。そのドアを今夜直せますか？」

ウイリアムズは体をひねり、ドアが蹴りあけられたときにエミリーの住戸の入り口の側壁にぶつかった痕跡を見た。ドアノブが壁に拳大のへこみをつけていた。

「やってみる」ウイリアムズは言った。

「ドアに鍵をかけられないなら、ここにいるつもりはないわ」エミリーは言った。

「絶対むり。そいつがわたしの住んでいるところを知っているなら」

「それが確かなのかわからないんだ」わたしは言った。「車が通りすぎていくのを見たんだが――」

「待って、ウイリアムズさんに直してもらい、われわれはこの件をどこかほかの場所で話し合わない？」レイチェルが言った。「きょう、ＦＢＩからさらに情報をつかんでいるの。あなたも知りたいんじゃないかな」

わたしはレイチェルを見た。

「へえ、いつおれに話すつもりだったんだい？」わたしは訊いた。

「グウィネス・ライスのところを出る際に、脱線してしまったでしょ」レイチェルは言った。

レイチェルは言いそびれたわけを説明するかのようにまだ被害状況を吟味しているウイリアムズのいるドアを指し示した。

「ところで、グウィネス・ライスの様子はどうだった？」エミリーが訊いた。

「いい情報は得られた……だけど、とても悲しいものだった」わたしは言った。「あいつは彼女の人生をめちゃくちゃにしたんだ」

その答えの途中で、記者という存在の罪悪感にかられた。グウィネス・ライスが記事の主役になるだろうとわかっていた。けっして回復する見こみのない被害者。その人生の道のりは、暴力的にかつ永久に百舌に変えられてしまった。われわれは彼女を使って、読者を惹きつけようとする。彼女の痛ましい怪我《けが》が、記事の生命をはるかに超えてつづいていくことを一顧だにせず。

「わたしにメモを送ってもらわないと」エミリーが言った。

「できるだけ早く送るよ」わたしは言った。

「で、あたしたちはどうするの？」レイチェルが訊いた。

「〈グレイハウンド〉に戻ってもいいわ」エミリーが言った。「出たときにはあそこはとても静かだった」

「いきましょう」レイチェルは言った。

われわれはドアに近づき、ウイリアムズが体を横に向けて、通れるようにした。彼はわたしを見た。

「あんたがドアを蹴ったのか？」ウイリアムズが訊いた。

「えーっと、それはあたしです」レイチェルが言った。

ウイリアムズはレイチェルがそばを通りすぎる際に、すばやく上から下まで彼女を鑑定した。

「たくましいご婦人だ」彼は言った。

「そうなる必要のあるときには」レイチェルは言った。

# 38

〈グレイハウンド〉は、車で二分足らずの距離にあり、レイチェルが三人を乗せた車を運転した。わたしは後部座席に座り、道中ずっとリア・ウインドウから尾行されている可能性を探っていた。仮に百舌が尾行していても、わたしにはその気配がわからず、自分が警戒しているのか、それとも被害妄想にかられているのかどっちだという疑問に戻ってしまうのだった。テスラに乗っていた男のことを考えつづけていた。あの男が似顔絵の顔に似ていてほしいとたんに願っているのか、それとも本当に似顔絵の顔に似ているのだろうか？

わたしは一度もイングランドにいった経験はないが、〈グレイハウンド〉の店内は英国パブのように見えた。なぜエミリーがここを行きつけの店に選んだのかわかった。全面ダークウッド張りで、居心地のいいブースが並んでいた。店内の前面から奥までずっとつづいているバーがあり、テーブル・サービスはなかった。レイチェルとわたしはケテルのマティーニを注文し、エミリーは、デシューツのＩＰＡビールを注文した。わたしは飲み物ができあがるのをバーで待ち、女性たちは奥のコーナーにあるブースを確保した。

わたしはマティーニをこぼさないよう二度に分けて飲み物を運んでから、Ｕ字形のブースに落ち着いた。エミリーがわたしの向かいに、レイチェルがわたしの右側に座っている。一言発するまえにわたしはマティーニをたっぷり口に含んだ。今夜、ここまでのところ分泌されたアドレナリンの満ち引きのせいで、それが必要だったのだ。

「さて」わたしはレイチェルを見て言った。「なにを手に入れたんだい？」

レイチェルはしっかりした手つきでマティーニをグイと飲み、グラスを置くと、気を落ち着けた。

「きょうはほぼウェストウッドの支局でＡＳＡＣといっしょに過ごした」レイチェルは言った。「最初鼻つまみ扱いされたけど、あたしが伝える話の検証可能な事実を彼らが調べはじめると、彼らは光を見はじめた」

「ＡＳＡＣ？」エミリーが訊いた。

エミリーはレイチェルとおなじようにそれを発音した——Ａ《エイ》サック。

「ＦＢＩロサンジェルス支局の副支局長《アシスタント・スペシャル・エージェント・イン・チャージ》である特別捜査官のこと」レイチェルは言

った。

「その責任者の名前はメッツだっけ？」わたしは訊いた。

「マット・メッツ」レイチェルは言った。「とにかく、すでにあなたに話したように、彼らは少なくとも三件の別の事件を死因によって結びつけ、グウィネス・ライスの事件、つまり、知られているなかで唯一の生存者の事件も結びつけた」

「そのあらたな事件の名前も手に入れられたのか？」わたしは訊いた。

「いいえ、それは記事の公表の延期と交換するため、彼らは隠している」レイチェルが言った。「あたしは名前を手に入れていない」

「公表延期はない」わたしは主張した。「あす、発表する。今回の犯人に関する警告を出すことが、ほかのどんな配慮より重要なんだ」

「スクープがあなたにとってもっとも重要なことではない、と本気で言ってるの、ジャック？」レイチェルが言い返した。

「あのさ、その話はもう終わったことだ」わたしは言った。「犯人逮捕のためＦＢＩに協力するのは、われわれの仕事じゃない。われわれの仕事は、市民に伝えることだ」

「ほかにあたしがつかんだ情報を聞いたら、心変わりするかもしれないわよ」レイチエルは言った。

「だったら、話してちょうだい」エミリーが言った。

「わかった。あたしは自分が捜査官だった当時から知り合いだったこのメッツと対処していた」レイチェルは言った。「あたしが持ちこんだものが本物だと確認すると、彼らは作戦司令室で検討をはじめ、あらゆる角度からこの事件に攻撃を仕掛けた。ほかの事件を発見し、ひとつのチームがそっちに取り組むことになった。また、あした死体の掘り返しをする予定のサンタフェの事件もある。検屍で環椎後頭関節脱臼《AOD》が見逃されたかもしれないと彼らは考えているので」

「首の骨が折れているのをどうやって見逃したんだい？」わたしは訊いた。

「死体の状態」レイチェルは言った。「正確な詳細はつかんでいないけど、山中に放置されていて、動物に食べられていたそうよ。そういう状態だと、ＡＯＤは気づかれなかったかもしれない。とにかく、別のチームがハモンドとダーティー4の線を調べていて、全部まとめようとしていた」

レイチェルはそこで言葉を切り、マティーニにまた口をつけた。

「それで？」エミリーが先を促した。

「あのサイトを通して、彼らはハモンドのパートナーの身元を明らかにした」レイチエルは言った。「少なくとも、彼らはそれを成し遂げたと思っている」

わたしはテーブルに身を乗りだした。これはいい収穫になりそうだ。

「何者なんだ？」わたしは訊いた。

「名前はロジャー・ヴォーゲル」レイチェルは言った。「おわかり？　ロジャー・ヴォーゲルがデジタル宇宙ではRogueVogue《ローグヴォーグ》になったの」

「わかった」わたしは言った。「どうやって見つけたんだ？」

「彼の指紋――つまり、デジタルの指紋――が、サイトのいたるところにあった」レイチェルは言った。「暗号解読チームを呼んできて当たらせたんだけど、そこは難しくなかったと思う。詳しいことは知らないけど、チームは彼を追って、固定ＩＰアドレスにたどり着いた。そこが彼のミスだった。隠していないコンピュータからサイトのメンテナンス作業をいくつかおこなっていたの。怠慢のせいで、正体がバレた」

「で、場所はどこなんだ？」わたしは言った。「どこにヴォーゲルはいる？」

「シダーズ・サイナイ」レイチェルは言った。「病院の管理部署で働いている人間のようね。そこが彼の使っているコンピュータの置かれた場所」

最初、ＦＢＩに逮捕されるまえにヴォーゲルに対峙《たいじ》する見こみが出て、わたしは期待に胸を躍らせた。だが、現実を突きつけられた――シダーズ・サイナイ・メディカル・センターは、巨大で、高度のセキュリティが施された複合施設だ。ビバリーヒルズの五つのブロックを丸ごと占めている。

「捜査局はヴォーゲルにたどり着くのは不可能かもしれない。ヴォーゲルを逮捕するつもりなのか？」わたしは訊いた。

「まだだわ」レイチェルは言った。「ヴォーゲルを泳がせておくことが、自分たちの有利に働くかもしれないと考えているの」

「百舌の餌としてね」エミリーが言った。

「そのとおり」レイチェルは言った。「百舌がヴォーゲルを消したがっているのは明らかで、ノースリッジで人間違いをしてしまった。だから、もう一度やろうとするかもしれない」

「で」わたしは考えを声に出した。「もし捜査局がヴォーゲルを見張っているなら、われわれがそこへ向かって、本人と対峙するのを止めるものはない。捜査局は自宅やほかの場所まで尾行したのか？」

「いえ」レイチェルが言った。「あなたがヴォーゲルに百舌のことを警告してくれたおかげで、彼は万全の用心をしている。捜査局はヴォーゲルを緩く尾行していたけど、彼が退勤したあと、見失ってしまった」

「それはよくないわね」エミリーが言った。

「でも、いいことを教える」レイチェルは言った。「ヴォーゲルは喫煙者なの。彼は用心しているけど、それでも煙草《たばこ》を吸うため、外に出る必要がある。監視の際に撮影された、建物の外の喫煙者用ベンチに座っているヴォーゲルの写真を見た。背景に通り名の標識があった。ジョージ・バーンズ・ロードと書かれていた。それは複合施設のまんなかを通っている道路なの」

わたしはテーブルをはさんでエミリーを見た。われわれふたりは自分たちがなにをやることになっているか、正確にわかっていた。

「あすの朝、そこへいこう」わたしは言った。「ヴォーゲルが煙草を吸いに出てきたときに捕まえるんだ」

エミリーはレイチェルのほうを向いた。

「あなたが見た監視写真で、その男を見分けられる？」エミリーは訊いた。「ベンチにいる彼をあなたが見たら、という意味だけど？」

「できると思う」レイチェルは言った。「ええ」

「オーケイ」わたしは言った。「じゃあ、きみもその場にいてもらわねばならない」

「あたしがそれをしたら、捜査局との関係は終わりになってしまう」レイチェルは言った。「あなたたちふたりとおなじように、外部から見ていることになる」

「わかった、それに対処する計画を練らないといけない」わたしは言った。

わたしはグラスを手に取り、酒を飲み干した。計画のあらましができたので、もう大丈夫だと思った。

## 39

シダーズ・サイナイ・メディカル・センターは、五ブロック分の区画にガラス張りの高層ビルと駐車場が密集しているものの、それらのブロックを通る碁盤の目のような市の道路に分割されていた。その日の朝、オフィスで、われわれはグーグルマップのストリートビュー機能を利用して、レイチェルがＦＢＩの監視写真で見た喫煙者用ベンチの場所を突き止めた。それはオルデン・ドライブとジョージ・バーンズ・ロードの角にあった。医療複合ビルのほぼどまんなかにある交差点だ。明らかに複合施設にあるすべての建物の患者や来訪者や従業員が利用できるよう、まんなかに置かれていた。八階建ての駐車場に沿っている手入れの行き届いた街路にある噴水の前に向かい合うようにふたつのベンチが設置されていた。それぞれのベンチの両端に台座付き灰皿があった。われわれは計画を仕上げ、午前八時にオフィスからそこへ向かって出発した――ロジャー・ヴォーゲルが最初の喫煙休憩を取るためそこへいくまえに到着したかった。

われわれはふたつの角度から喫煙ベンチを監視した。エミリーとわたしは最寄りのERの待合室にいた。そこの窓からベンチの地上レベルでの全景が見えたが、管理棟は見えなかった。レイチェルは駐車場の三階にいた。そこからだとベンチと管理棟のエントランスがよく見えるからだ。ヴォーゲルが現れ、喫煙のためベンチに向かえば、レイチェルがわれわれに注意を促すことができた。彼女のいる場所は、FBIの視界に入らない位置でもあった。前日に見た監視写真で覚えている撮影角度を利用して、レイチェルは、FBIの監視拠点を管理棟から通りを隔てたところにある医療オフィスビルだと特定していた。

エミリー・アトウォーターは、堕落した喫煙者だった。つまり、一日一箱の常習から、週一箱の戯れに減らし、主に勤務外の時間に吸っていた。エミリーのアパートの建物の二階非常口の外にあった灰皿用缶をわたしは思いだした。

定期的な間をあけて、エミリーは煙草を吸いにそのベンチに出かけ、ヴォーゲルが自分の嗜癖《しへき》に耽《ふけ》ろうと出てきたときに居合わせることを期待していた。わたしはカリフォルニアに引っ越してきて以来、煙草を吸っていなかったが、わたしもシャツのポケットに小道具用の一箱を入れていた。ヴォーゲルがついに姿を現したときにベンチに向かい、それを利用するつもりだった。

　午前中は、ヴォーゲルの姿が現れぬまま、ゆっくりと過ぎていった。その間、ベンチはほかの従業員や来訪者や患者にとって、人気のスポットだった——ひとりの患者など、移動式の点滴棒と点滴袋を持って、喫煙のため、その場所まで歩いてきた。わたしはレイチェルとショートメッセージのやりとりをつづけ、エミリーがベンチにいるときは、彼女にも送った。十時四十五分に、時間を無駄にしていることをほのめかすグループ・メッセージを送ったとき、エミリーはベンチにいた。ヴォーゲルは、前日にわたしと交わした会話に震え上がって、街を出ていったんじゃないだろうか、というメッセージをわたしは書いた。

　それを送ってから、顔に血が付いたひとりの男性がERに入ってきて、至急の手当を要求したのに気を取られた。男は渡されたクリップボードを床に投げ捨て、保険に入っていないけど、助けが必要なんだと怒鳴った。警備員が男に近づいていったとき、ショートメッセージのチャイムが鳴り、わたしは携帯電話を取りだした。レイチエルからのメッセージだった。


管理棟から出てきた、手に煙草を持ってる。

そのショートメッセージはエミリーとわたし両方に届いた。窓越しにエミリーを確認すると、彼女はベンチに座って携帯電話を見ていた。彼女も警報を受け取っていた。わたしは自動ドアを通り抜けて、喫煙用ベンチに向かった。

近づくと、ひとりの男がベンチのそばに立っているのが見えた。エミリーはベンチに座っていて、煙草を吸っており、もうひとつのベンチに別の女性がいた。ヴォーゲルは——男がヴォーゲルであるなら——ベンチのどちらかを女性とわかちあうことに怯えている様子だった。これはやっかいだ。わたしは自分たちがジャーナリストだと名乗るときにヴォーゲルに立っていてほしくなかった。そのほうがわれわれのもとから立ち去るのが簡単になるだろう。彼がオイル・ライターで煙草に火を点《つ》けようとしているのを見た。わたしはシャツのポケットから小道具の煙草の箱を取りだしはじめた。エミリーはショートメッセージを読んでいるように見せていたが、彼女が携帯電話の録音アプリを起ち上げているのがわかっていた。

わたしがベンチにたどり着くのと同時に邪魔になっていた喫煙女性が煙草を灰皿に押しつけ、吸い殻をあとに残した。女性は立ち上がると、ERのほうに戻っていった。わたしはヴォーゲルが女性の代わりに無人になったベンチに座るのを見た。われわれの計画はうまくいきそうだ。

わたしにわかるかぎりでは、ヴォーゲルは一度もエミリーを見ておらず、あるいはなんらかの形で認識することをしていなかった。わたしはその場所に到着すると、口に煙草をくわえ、マッチかライターをさがしているかのようにシャツのポケットを叩いた。なにも見つからず、わたしはヴォーゲルを見た。

「火を貸してもらえませんか？」わたしは訊いた。

ヴォーゲルが顔を起こすと、わたしは火が点いていない煙草を指し示した。一言も言わずにヴォーゲルはポケットに手を伸ばし、わたしにライターを寄越した。わたしはライターを近づけてくる相手の顔をじっと眺めた。どこかで見た相手だな、という表情をヴォーゲルは浮かべた。

「ありがとう」わたしはすぐに言った。「あなたはヴォーゲルだろ？」

ヴォーゲルはあたりを見まわしてから、わたしに視線を戻した。

「ああ」彼は言った。「管理の人？」

本人確認ができた。正しい人間を見つけたのだ。わたしはチラッとエミリーを見て、彼女の携帯電話がベンチに置かれ、ヴォーゲルのほうに傾けられているのを確認した。録音していた。

「いや、待った」ヴォーゲルは言った。「あんたは……あんたは記者だ」

今度はわたしのほうが驚いた。どうしてわかったんだろう？

「なんだって？」わたしは言った。「なんの記者というんだ？」

「あんたを法廷で見た」ヴォーゲルは言った。「あんただな。きのう話した。どうしてあんたは――？　おれを殺させようとしているのか？」

ヴォーゲルは煙草を投げ捨て、ベンチから飛び上がるように立ち上がった。管理棟に向かって戻りはじめる。わたしは彼を押しとどめようとするかのように両手を上げた。

「待ってくれ、待って。たんに話したいだけだ」

ヴォーゲルはためらった。

「なんについて？」

「きみは百舌の正体を知っていると言った。あいつを止めなければならないんだ。きみは――」

ヴォーゲルはわたしを押しのけた。

「あなたはわたしたちと話をしなきゃならないわ」エミリーが呼びかけた。

ヴォーゲルの目はエミリーに向けられ、彼女がわたしの仲間であり、自分がタッグチームに対処されていたことを悟った。

「あいつを捕まえるのに協力してくれ」わたしは言った。「そうなれば、きみも安全になる」

「われわれはあなたの最大のチャンスなの」エミリーが言った。「わたしたちに話して。わたしたちがあなたを助けられる」

われわれはオフィスからここに来るまでのあいだなにを言うか、リハーサルをしていた。だが、台本によれば、いまわれわれが言ったこと以上のセリフは用意されていなかった。ヴォーゲルは歩きつづけ、そうしながらこちらに向かって叫びつづけた。

「言っただろ、こういうことは起こるはずではなかったんだ。あの頭のおかしいやつがやっていることにおれは責任がない。放《ほ》っといてくれ」

ヴォーゲルはジョージ・バーンズ・ロードを横断しはじめた。

「あなたはあの女性たちがファックされればいいと思っていたんでしょ、殺されるのではなくて？」エミリーが声をかけた。「じつに気高いこと」

エミリーはいまでは立ち上がっていた。ヴォーゲルは踵を返し、われわれに向かってきた。エミリーの顔の真正面に向くよう、やや方向を斜めにしていた。わたしはヴォーゲルがさらにエミリーに近づこうとする場合に備えて、そばに寄った。

「おれたちがやったのは、どこにでもある出会い系サービスとなにも違っていない」ヴォーゲルは言った。「人々のさがしているものをマッチングさせたんだ。需要と供給だ。それだけだ」

「ただし、女性たちは自分がその方程式の一部であることを知らなかった」エミリーは迫った。「そうでしょ？」

「そんなことはたいしたことじゃない」ヴォーゲルは言った。「いずれにせよ、あいつらはみんな娼婦《しょうふ》であり――」

ヴォーゲルはエミリーが体のまえに掲げている携帯電話を見て、話すのをやめた。

「録音しているんだな？」甲高い声でヴォーゲルは叫んだ。

ヴォーゲルはわたしのほうを向いた。

「言っただろ、この件には関わりたくないって」ヴォーゲルは叫んだ。「おれの名前を使わせないぞ」

「だけど、きみはこの件そのものなんだ」わたしは言った。「きみとハモンド、そしてきみたちが責任を負っていることは」

「ダ、ダメだ！」ヴォーゲルはわめいた。「そんなことになったら、おれは殺されてしまう」

ヴォーゲルはふたたび道路のほうに向き直り、横断歩道に向かった。

「待った、ライターを返してほしくないのか？」わたしは彼に呼びかけた。

わたしはライターを手に持って高く掲げた。ヴォーゲルはわたしのほうを振り返ったが、足取りは緩めず、道路に足を踏みだした。

「持っていて――」

次の言葉を言い終えぬうちに、一台の車がすさまじいスピードで走りこんできて、横断歩道にいるヴォーゲルにぶつかった。それは黒いテスラで、窓はかなり黒く着色され、運転手なしで動いているように見え、わたしには見分けがつかなかった。

膝への衝突の衝撃でヴォーゲルは交差点に投げ飛ばされ、そののち、静かな車に轢《ひ》かれて体がその下に呑《の》みこまれた。テスラはヴォーゲルに乗り上げて、跳ねた。ヴォーゲルの体は車に引きずられて、交差点のなかほどまで進み、そこでようやく車はヴォーゲルの体を振りほどくことに成功した。

わたしの背後でエミリーが悲鳴を上げるのが聞こえたが、ヴォーゲルからはなんの音も聞こえなかった。轢いていった車とおなじようにヴォーゲルは静かだった。

いったんヴォーゲルの体から自由になると、テスラは猛スピードで、交差点を横断し、サード・ストリート方面に向かってジョージ・バーンズ・ロードを疾走していった。車は黄色信号で左折し、見えなくなった。

何人かの人が交差点で血まみれになって倒れこんでいる人間に駆け寄った。そもそもここはメディカル・センターなのだ。シーフォームグリーンのスクラブを着たふたりの男性が最初にヴォーゲルにたどり着き、ひとりは見たものに物理的にのけぞったのが見えた。道路には引きずられた血の痕が付いていた。

わたしはそれまで座っていたベンチの隣に立っているエミリーの様子を確認した。交差点での出来事を戦《おのの》いて見つめながら、喉に手を当てていた。それからわたしは身を翻し、ロジャー・ヴォーゲルの動いていない体のまわりに集まっている集団に加わった。スクラブ姿の男性のひとりの肩越しに覗いてみると、ヴォーゲルの顔の半分がなくなっていた。うつぶせで車に轢かれたまま引きずられ、文字どおり、めちゃくちゃになっていた。ヴォーゲルの頭部も同様に歪《ゆが》んでいて、頭蓋骨が砕けているのがはっきりわかった。

「その人は生きています?」わたしは訊いた。

だれも答えなかった。男たちのひとりが携帯を耳に押し当てて、電話をかけているのを見た。

「こちらドクター・バーンスタインだ」彼は冷静に言った。「ERのすぐ外の交差点に救急車を寄越してくれ。オルデンとジョージ・バーンズの交差点だ。人がここで車に撥ねられた。頭部と頸部《けいぶ》に重傷を負っている。動かすのにバックボードが要るだろう。いますぐ必要なんだ」

わたしは近くでサイレンの音がするのに気づいたが、まだ医療複合施設の外だった。あれはＦＢＩのサイレンであり、百舌に襲いかかっているところであればと願った。物言わぬ殺人マシンに乗って逃れようとしているあの男に。

携帯電話が鳴った。レイチェルからだった。

「ジャック、彼は死んだの？」

わたしは振り向き、駐車場を見上げた。レイチェルが携帯電話を耳に当てて、三階の手すりのそばに立っているのが見えた。

「まだ生きているという話だ」わたしは訊いた。「いったいなにがあったんだ？」

「テスラだった。百舌だったのよ」

「ＦＢＩはどこにいるんだ？　この男を監視していると思ってたんだぞ！」

「わからない。監視していたわ」

「ナンバー・プレートを見たか？」

「いえ、あまりに速すぎたし、予想外だった。いまから降りていく」

レイチェルは電話を切り、わたしは自分の携帯電話を仕舞った。ヴォーゲルを救おうとしている男たちの作業を肩越しに見た。

するとバーンスタイン医師がスクラブ姿のもうひとりの男性に話しかけるのが聞こえた。

「死んだよ。死亡時刻を言う。十時五十八分だ。救急車の出動はやめさせる。このままにして、警察に任せよう」

バーンスタインはふたたび携帯電話を取りだした。レイチェルがこちらに近づいてくるのが見えた。彼女も携帯電話で話していた。わたしのところまで来ると、彼女は電話を切った。

「メッツと話していた」レイチェルは言った。「あいつは逃げた」

# 百舌

# 40

彼はこれがFBIの罠である可能性が高いとわかっていたが、自分の動きには備えていないだろうともわかっていた。自分のような人間を理解し、捕まえようとする場合、宗教のように連中が頼りにしているプロファイルやプログラムを参考にするだろう。連中は、こちらが以前やったように行動することを期待している——獲物を追跡し、音を立てずに襲うのだろう、と。そして、それは連中の間違いだ。彼は病院の監視カメラに映っているふたりの記者を携帯電話で監視しており、ふたりがなんらかの待ち合わせ場所に張りこんでいるのを知った。あのふたりが自分のために獲物を明らかにしてくれることを確信したとき、彼はすばやく大胆に行動した。いま、こっちはあっというまに姿を消し、あっちは大慌てであとを追いかけているはずだった。

だが、彼らは手遅れだった。

彼は自分に満足していた。自分とあのサイトとリストとの最後の結び付きは、確実に死に、いまは冬に備えて南に飛ぶときだった。羽毛を取り替え、準備をするがいい。

そしてだれもが思いもよらぬときに戻ってきて、片をつけるつもりだ。

テスラにランプをのぼらせ、ビバリー・センターの駐車場に入らせた。ずっとのぼって四階に到着する。ここだと車はあまり多くなく、一日の遅い時間にならないとモールは混んでこないだろうと思っていた。建物を包む装飾的な鉄格子を通して、ラ・シエネガ大通りを見下ろすことができた。覆面カーの点滅灯が車の流れを縫っているのが見えた。いましがた出し抜き、恥をかかせてやった捜査局に属している車だと彼はわかっていた。ざまあみろ。行き当たりばったりにさがしており、けっしてこちらを見つけられないだろう。

しばらくすると頭上にヘリが飛んできたのが聞こえた。せいぜい幸運を祈る。また、銃を抜き、目に怒りをたたえた捜査局のやつらに停車させられることになる、すべての黒いテスラのオーナーの幸運も祈ろう。

彼はバックミラーで自分の姿を確認した。昨晩、頭を剃《そ》り上げていた——万が一、連中がこちらの人相風体をつかんでいた場合の用心に。剃り終わったとき頭皮がテカテカに白く光っており、コンビニで買ったブロンザーを擦《なす》りつけなければならなかった。寝ているあいだに枕を汚したが、うまく日焼けした色に変わった。いまは、その姿を何年もつづけているように見える。それが気に入って、気がついてみると、午前中ずっと鏡でその姿を確認していた。

窓を三センチほど下げて、空気をなかに取り入れ、エンジンを切ると、ドアをあけた。降りるまえにマッチブックと煙草の箱を取りだした。マッチで一本の煙草に火を点け、深々と吸いこみ、バックミラーでその先端が光るのを見た。煙が肺に入って、彼は咳《せ》きこんだ。いつもそうなる。それから煙草のまんなかあたりをマッチブックを折ってはさみ、その即席の発火装置を中央コンソールに置いた。煙草がわずかに下向きになるような角度にして、マッチに向かって燃え上がってくるよう調整した。運がよければ、マッチは不要で、煙草が仕事をやってくれるだろう。

彼は車を降り、運転席側のドアを閉め、すばやく車のフロントにまわった。フロント・バンパーとその下のプラスチック製のスカートを確認し、血やゴミがついていないか確かめた。なにも見当たらず、しゃがんで、車の下を確認した。ガソリン車のエンジンからオイルが漏れるようにコンクリートの上に血が滴っているのが見えた。

彼は笑みを浮かべた。皮肉だな、と思う。

車の側面に移動し、助手席側の後部ドアをあけた。そこにはハモンドのプールサイド・バーベキュー・セットから外して後部座席に乗せておいた天然ガスの筒缶があった。連結部から七センチほどゴムホースを切り取り、中身の大半を排出していた。大きな爆発は望んでいない。必要なことができるくらいで充分なのだ。

バルブをひらくと、残っているガスが車のなかに漏れる音が聞こえた。彼はあとずさり、手袋をめくりとって、車のなかに投げこんだ。このテスラはよく働いてくれた。さびしくなるだろう。

彼は肘でドアを閉め、通りまで下ろしてくれるエスカレーターに向かって歩きはじめた。

二階までエスカレーターで下ったところで、テスラのなかで爆発が起こった間違いようのない「ドン」という音が聞こえた。窓を吹き飛ばすほどではなく、車内を炎で包み、最後の利用者の痕跡をすべて焼き尽くしてくれるほどの爆発。

連中にはけっして自分の正体がわからないだろう、と彼は自信を持っていた。あの車はマイアミで盗まれたもので、現在のナンバー・プレートはロサンジェルス国際空港《LAX》の長期駐車場に停められていたそっくりのテスラから付け替えたものだ。写真は持っているかもしれないが、こちらの本名を知ることはけっしてないだろう。彼は用心に用心を重ねていた。

彼は携帯電話でウーバー・アプリをひらいて、モールのラ・シエネガ側でのピックアップを依頼した。目的地の入力欄に、彼はこう入力した。

ＬＡＸ

アプリは、運転手のアーメットが迎えに向かっており、ロサンジェルス国際空港《LAX》まで所要時間五十五分と告げた。

行き先を決めるのにそれだけあれば充分だった。

# 第一報

FBI――「DNA殺人犯」逃走中

（エミリー・アトウォーター　ジャック・マカヴォイ）

FBIとロサンジェルス市警は、八名の若い女性の首を折ったことを含め、少なくとも十名を全米で殺害した容疑がかかっている男の緊急捜査を開始した。

インターネット上で百舌と名乗る殺人犯は、人気遺伝子分析サイトに提供されたDNAから得た特定のプロファイルに基づいて被害女性たちを狙った。被害者たちの遺伝子プロファイルは、正体不明の容疑者によって、女性に性的につけこもうとしている男性客の要望に応じるダーク・ウェブ上のサイトからダウンロードされていた。

FBIは、あす、本捜査について発表する大がかりな記者会見をロサンジェルスで予定している。

当局によれば、今週、そのサイト（本日FBIによって閉鎖された）の運営者二名が容疑者によって殺害された。マーシャル・ハモンド（三十一歳）は、DNAラボを稼働させているグレンデールの自宅で首を吊った状態で発見された。ロジャー・ヴォーゲル（三十一歳）は、フェアウォーニングの記者に詰め寄られた数秒後に路上で轢き逃げされた。三人目の男もそのまえに容疑者に殺されていたが、当局はヴォーゲルと間違って殺されたものと見ている。

その三名の男性殺害に先立ち、フォート・ローダーデールからサンタバーバラにいたる地域で七名の女性が、被害者の首を折るという特徴的な手口で容疑者に残忍に殺されている。八番目の女性は同様の犯行で一命を取り留めたが、負傷により四肢麻痺になってしまっている。フェアウォーニングとして氏名の公表を控えるこの二十九歳のパサディナの女性が、捜査員たちにすべての事件を結びつけるのに役立つ手がかりを提供してくれた。

「この犯人はわれわれがこれまでに遭遇したなかで、もっとも悪辣な連続犯のひとりです」ＦＢＩロサンジェルス支局副支局長マシュー・メッツ特別捜査官は語った。「われわれはこの男の身元を明らかにし、逮捕するために全力を尽くしています。身柄を確保するまで、だれも安全ではありません」

捜査局は、容疑者の似顔絵と、マーシャル・ハモンドが殺害された直後に近所の防犯カメラに映っていた容疑者と思われる男のぼやけた映像を公開した。

容疑者は、昨日、シダーズ・サイナイ・メディカル・センターの管理事務所で働くロジャー・ヴォーゲルにつけていた監視をかいくぐり、捜査局は彼を逮捕するチャンスを失った。フェアウォーニングの記者が、病院の外にある喫煙用ベンチでヴォーゲルに対峙したところ、ヴォーゲルは死亡事件へのいかなる責任も否定した。

「こういうことは起こるはずではなかったんだ」ヴォーゲルは言った。「あの頭のおかしいやつがやっていることにおれは責任がない」

そのあと、ヴォーゲルはオルデン・ドライブとジョージ・バーンズ・ロードの交差点で横断歩道に足を踏み入れ、直後に殺人容疑者が運転していたと思われる車に撥ねられた。ヴォーゲルは車の下にはさまって九メートル引きずられ、致命傷を負い死亡した。その後、当該車両は近くにあるビバリー・センター駐車場でFBIによって発見されたが、殺人犯の身元確認につながる可能性のある証拠をすべて隠滅する目的で、火を点けられていた。

百舌の存在が明るみに出たのは、一週間まえ、クリスティナ・ポルトレロ（四十四歳）の殺害後だった。ポルトレロは、サンセット・ストリップにあるバーでひとりの男性といっしょにいるところを目撃されたのを最後に、自宅で首を折られた状態で発見された。

フェアウォーニングは、ポルトレロが遺伝分析のため、自分のＤＮＡを人気のオンライン遺伝子分析会社であるＧＴ23社に提供していたのを知り、その死亡事件の調査を開始した。ポルトレロは、自分の詳しい個人情報を知っている見知らぬ男にストーキングされていることを友人に訴えてもいた。その男は百舌ではなく、百舌がＤＮＡ構成に合わせて被害者を選んでいたのとおなじダーク・ウェブのサイトの別の利用者だと考えられている。

ＧＴ23社は、匿名化処置をおこなったＤＮＡを準大手のラボに販売することで、消費者に請求する料金を低く抑えている、とはっきり謳《うた》っている。顧客はＤＮＡ分析の料金としてわずか二十三ドルを払うだけで済む。

同社がＤＮＡを販売しているラボのなかに、オレンジ・ナノ研究所がある。元ＵＣアーヴァイン校の生化学教授だったウイリアム・オートンが運営しているアーヴァインにある研究所である。オレンジ郡当局によれば、オートンは学生に薬を盛り、レイプしたとして告発されたあと、三年まえに職を辞し、オレンジ・ナノ研究所を設立したという。

オートンはその告発を激しく否定している。ハモンドはＵＣアーヴァイン校の卒業生であり、オートンの教え子だった。ハモンドはのちに民間研究ラボを設立し、オレンジ・ナノ研究所がＧＴ23社から購入した女性のＤＮＡ検体数百個を受け取っていた。

フェアウォーニングの調査によれば、ハモンドとヴォーゲルは、二年以上まえにダーティー4という名のダーク・ウェブ上のサイトを開設した。そのサイトの利用者は、年間五百ドルのアクセス料で、DRD4として知られている染色体パターンを含むDNAを持つ女性たちの身元と住居の情報をダウンロードすることができた。DRD4は、薬物やセックス依存を含む危険な行動に関連するものである、と一部の遺伝子研究者は推定している。

「彼らはそうした女性たちを売り渡していたんです」捜査に近い筋の関係者は語った。「ああいうおぞましい連中は、自分たちが優位に立てると思って女性のリストを金を出して手に入れていたんです。バーやどこかで彼女たちに出会ったふりをすると、彼女たちはいいカモになるんです。じつにひどいことで、そのなかに殺人犯がまじっていても不思議じゃない」

ウェブサイトの記録によると、ダーティー4には数百名の有料会員がおり、その多くがインセル——非自発的独身主義者《インヴォランタリリー・セリバトウ》と自称する男性たち——やその他の女性差別主義者たちが集うオンライン・フォーラムで勧誘されている、とFBIは発表した。

「きょうは恐ろしい日です」ハーヴァード大学法律学教授で、遺伝子分野の倫理に関する著名な専門家であるアンドレア・マッケイは語った。「捕食者がおのれの獲物をカスタムオーダーできる地点に達したのです」

　GT23社から渡されたDNAは匿名化されていたが、オンラインではRogueVogueの名を持つ腕利きハッカーであったロジャー・ヴォーゲルは、GT23社のコンピュータに侵入し、オレンジ・ナノ研究所によってハモンドに売られたDNAの持ち主である女性たちの身元を突き止めることができた、と当局は見ている。

　ダーティー4の利用者のひとりが百舌だった。百舌は同サイトで提供されるプロフィールにアクセスして、大量殺人の被害者の目星をつけていたとFBIでは考えている。FBI捜査官たちは、暴行を受けたのち一命を取り留めたパサディナの女性を含む十一名の被害者の身元を確認したが、さらに被害者はいるだろうと考えている。サンタフェでの埋葬死体発掘が本日予定されており、十二番目の被害者の確定につながりうる。

　女性被害者たちを結びつけているつながりは、死因あるいは負傷原因である。それぞれの女性は、環椎後頭関節脱臼と呼ばれている激しい首の骨折をこうむっていた。検屍官は、これを内的断頭――首の骨と脊髄の完全な破壊――と呼んでおり、通常の限界を超えて頭部が九十度以上暴力的にねじられるときに起こるものである。

「この犯人は力が強い」FBIのメッツ捜査官は言った。「素手で、あるいはなんらかのアームロック方法で、女性たちの首を文字どおり破壊していると考えられる。恐ろしく、苦しい死に方だ」

百舌はそのオンライン・ネームを、自然界のもっとも凶暴な殺し屋として知られている鳥から取った。その鳥は獲物――野ネズミやその他の小動物――に静かに近づき、背後から攻撃し、嘴で獲物を挟んで、容赦なく首を折るのだった。

今回の殺人と捜査は、急速に成長を遂げている数十億ドル規模の遺伝子分析産業に影響を与えるのは確実である。フェアウォーニングの調査では、連邦食品医薬品局の管轄下にあるこの業界は、同局が業界の規則や規制を公布するための長期的取り組みのさなかであり、事実上、規制されていないことが判明した。DNA検体の匿名性を守るための対策がおろそかにされてきたという強い指摘が、産業全体に衝撃を与えるのは間違いない。

「これは流れを変える事態《ゲーム・チェンジャー》です」UCLAのライフサイエンス専攻のジェニファー・シュウォーツ教授は語る。「この産業全体が匿名性の原則に基づいています。もしそれが損なわれているとすれば、なにが起こるでしょう？　多くの人が恐怖を感じ、産業全体が揺らぎはじめる可能性があります」

FBIはダーティー4ウェブサイトを閉鎖し、ハモンドとヴォーゲルによって身元が明らかにされ、IDを販売された女性たちに積極的に連絡を取ろうとしている。容疑者が、ハモンドを殺害したあと、彼のラボにあるコンピュータから回収した複数の女性たちのプロフィール情報を持っていることがはっきりしている、とメッツは語る。GT23社とオレンジ・ナノ研究所は、捜査のその部分に関して、全面的に協力している、とメッツは言った。

「それが現時点での優先事項です」メッツは言った。「犯人を見つけなければいけませんが、われわれは警告し、保護するために、無防備な女性たち全員に連絡する必要があります」

ハモンドとヴォーゲルが殺害された理由ははっきりしないが、ふたりの男が百舌の正体を知る鍵となる情報を持っていた可能性がある、とメッツは言った。

「百舌は捜査に勘づき、自分の正体を明らかにするのに手を貸せるたったふたりの人間が彼らだとわかったんでしょう」メッツは言った。「それゆえ、ふたりは死ぬはめになった。ふたりは自業自得です。われわれのまわりに彼らに対する同情はあまりない、と言ってもいいですね」

ハモンドとヴォーゲルの関係についてはあまり知られていないが、ふたりがUCアーヴァイン校で出会ったのははっきりしている。そこでふたりはルームメイトだった。

当時の学生によると、ふたりは、女子学生たちに対するデジタルいじめに関わっていた非公式で無許可の学内グループで知り合ったのではないかということだった。

「こんにち見られるインセル・グループのはしりだった」匿名を条件に大学の関係者は言った。「女子学生たちにあらゆる種類のいじめをおこなっていました――彼女たちのSNSをハッキングし、嘘や噂《うわさ》をばらまいていた。ふたりにされた仕打ちのせいで学校を辞めた女性も何人かいます。ですが、ふたりはつねに自分たちの痕跡を隠していました。だれもなにも証明できなかったんです」

インセルは主に非自発的独身主義者を自称する男性で、インターネットのフォーラムで、自分たちの恋愛の悩みを女性のせいにしたり、女性を軽蔑したりしている。近年、インセルが原因とされる女性に対する犯罪が増加してきた。FBIはインセル・グループを懸念が高まっている対象に挙げてきた。

ダーティー4ウェブサイトは、同様の態度や気持ちによって煽られているようだ、とメッツは言った。

「そこの会員たちは女性嫌悪者であり、それを極限まで高めていました」とメッツは言う。「そして、いま、七人あるいは八人の女性が亡くなり、もうひとりは二度と歩けなくなっています。ひどいことです」

一方、昨日のヴォーゲル轢き殺しは、百舌が手口を変えてきたのではないか、と当局は懸念している。そうなれば、百舌のあとをたどるのがますます難しくなりうるからだ。

「彼はわれわれが追っていることを知っており、網を避ける一番いい方法は、殺しをやめるか、決まったやり方を変えることです」メッツは言った。「不幸にして、この男は殺しの味を知っており、彼がやめるとは思いません。われわれは彼を特定し、逮捕するため、最善を尽くしています」

# JACK

# 41

第一報が報じられて百日が経過したが、百舌の身元はまだ判明せず、捕らえられてもいなかった。その間、エミリー・アトウォーターとわたしは三十二本の続報を書き、捜査を追い、われわれの第一報のあと、イナゴのように押し寄せてきたほかのメディアの先頭を走りつづけた。マイロン・レヴィンはロサンジェルス・タイムズと独占パートナーシップ契約を結び、われわれの記事の大半は同紙の一面を飾った。われわれは拡大する捜査とほかに二名の犠牲者の確認を取材した。ウイリアム・オートンと彼が罪を逃れたレイプ事件に関する全容を掲載した。グウィネス・ライスに関する記事を書き、のちに彼女の医療費を支援するための募金活動を取材した。

百舌が女性被害者にやったことを祝っているインセル・グループによる胸くそ悪いネット上での百舌の神格化を取材した記事すら書いた。

スタッフの半分を失うというマイロン・レヴィンの懸念は現実のものとなったが、

予想外の理由からだった。百舌がまだ捕まっていないことから、彼の次の標的にわれわれがなるのではないかと、エミリーはますます怖れるようになった。捜査の進展がないため、記事に酸素が足りなくなりはじめると、エミリーはフェアウォーニングを離れることを決断した。われわれには書籍の執筆依頼やポッドキャストの出演依頼が届いていた。エミリーが書籍のオファーを受け、わたしがポッドキャストを開設する、とふたりで決めた。エミリーはイングランドに戻り、わたしすら知らされていない秘密の場所に引っ越した。秘密にしておくことで、強制されてもわたしはだれにも彼女の居場所を明かせないのだから、そうしたほうがいい、とエミリーは主張した。われわれはほぼ毎日連絡を取り合い、わたしは、共同の名前で彼女が書くことになる最後の記事用の生の素材を電子メールで送った。

一報を出してから百日目は、わたしにとってもフェアウォーニングでの終着点になった。今後どんな最新情報が現れても、わたしはそのポッドキャストで報告できると伝え、そうしようと決めていた。それはジャーナリズムの新しい形であり、わたしは防音室に入り、記事を執筆するよりも口頭で伝えることを楽しんでいた。

そのポッドキャストの番組名を『マーダー・ビート』と名づけた。

マイロンはわれわれふたりの後釜をさがさねばならないことにあまりあわててはい

なかった。自分のところで働きたがっているジャーナリストからの履歴書が引き出し一杯に詰まっていたのだ。百舌はフェアウォーニングを大々的に世間に知らしめた。世界じゅうの新聞社やウェブサイト、TVのニュース番組がこの事件を報道したことでわれわれを褒《ほ》め称《たた》えてくれた。わたしはCNNやグッドモーニング・アメリカ、ザ・ヴューにゲスト出演を果たした。60ミニッツはわれわれの取材をフォローし、ワシントン・ポストは、エミリーとわたしの紹介記事を書き、われわれのときには喧嘩《けんか》もするパートナー関係を、歴史上もっとも偉大なジャーナリズムのタッグチーム、ウッドワードとバーンスタインになぞらえすらした。

フェアウォーニングの読者数も増加したが、それは百舌の記事を掲載した日だけではなかった。百日が経過しても、寄付金額の上昇はつづいていた。マイロンは潜在的支援者を説得するための電話をあまりかけなくなっていた。フェアウォーニングは万事順調だった。

エミリーとわたしが書いた最後の記事は、三十二本のなかでもっとも充実したものだった。それは性的暴行でウイリアム・オートンが逮捕されたことを扱った記事だった。マーシャル・ハモンドとロジャー・ヴォーゲルに関するわれわれの記事がオレンジ郡の当局者を刺激し、オートンがかつて教え子に薬を飲ませてレイプしていたという疑惑の再捜査が実現した。オートンが郡保安官事務所のラボに提出したＤＮＡ検体をハモンドが未知の検体とすり替え、それによってレイプ・キットの採取検体との不一致という結果を導いたのだ、と当局は考えた。新たな捜査で、あらたな検体がオートンから採取され、レイプ・キットの採取物質と比較された。結果は一致し、オートンは逮捕され、起訴された。

たいていの場合、ジャーナリズムは、たんに大衆の関心のある状況や出来事を報道するという活動にすぎない。それが腐敗した政治家の打倒や、法改正、あるいはレイプ犯の逮捕につながるケースはまれである。そんなことが起ころうものなら、満足感は計り知れないものがある。百舌に関するわれわれの記事は市民に警告を与え、人の命を救ったかもしれない。また、ひとりのレイプ犯を獄中に送りこんだ。わたしは自分たちのやり遂げたことを誇りに思い、ジャーナリストという職業が絶えず攻撃を受けている時代に、自分をジャーナリストと呼べることに誇りを持てた。

マイロンと握手し、オフィスに最後の別れを告げてから、わたしはレイチェルと会って、人生の一章の終わりと、あらたな章のはじまりを祝うため〈ミストラル〉のバーに赴いた。それが計画だったが、計画どおりにはいかなかった。百日間、わたしはひとつの疑問を抱えており、もはや抑えきれなくなっていた。

レイチェルはすでにバーにいて、カウンターが奥の壁に向かってカーブしている左端の席にいた。そこにはわれわれがいつも座ろうとしているふたつの席があった。そこだとプライバシーを保て、バーとレストランを同時に視界におさめることができるのだ。カウンターの長辺の中央にカップルが一組、レイチェルとは反対側の端に男性の一人客がいた。たいていの夜とおなじく、客の入りは、ゆっくりとはじまり、時間が経つにつれ増えてくる。

フランスの印象派が今夜は働いていた。レイチェルはエルをひそかにそう呼ぶようになっていた。偽のフランス訛《なま》りのバーテンダーのことを。わたしはエルに合図し、マティーニを注文すると、やがてレイチェルとグラスを軽く合わせた。

「新しいことに」レイチェルは言った。

「乾杯《スローンチエ》」わたしは言った。

「あら、フランス印象派に加えて、アイルランドの詩人がいるのね」

「ああ、締切《しめきり》を抱えた詩人だ。元は、だな。いまは、ポッドキャスト詩人だ」

わたしのアイルランド語の発音は水準以下だったので、それをやめ、マティーニを半分飲み干した。アルコールがこれから訊かねばならない大きな疑問への勇気を与えてくれた。

「きょう、さよならの挨拶をしたとき、マイロンの目に光るものがあった気がする」わたしは言った。

「ああ、あたしもマイロンが恋しいわ」レイチェルは言った。

「また会えるだろうし、百舌の件で最新情報を紹介するためポッドキャストに出演すると同意してくれた。ウェブサイトの宣伝になるだろう」

「それはいいわね」

わたしがマティーニを飲み干すと、エルがすぐおかわりを持ってきた。レイチェルと世間話をしながら、わたしは心の敷居《しきい》を下げていった。レイチェルが酒を再注文せず、水を入れたグラスまで頼んでいたことに気づく。彼女はカウンターの反対端にひとりで座っている男を見つづけていた。

わたしはカウンターに両肘をつき、両手をこすりあわせ、指を押し返そうとしていた。体内のアルコール・レベルが上昇するにつれ、勇気は消えていった。疑念をもう一晩放っておこうと決めかけた——これまでの九十九日間とおなじように。

「辞めたのを考え直しているの？」レイチェルが訊いた。

「いや、まったくそんなことはない」わたしは言った。「なぜ？」

「観察——あなたは両手をもみ合わせている。そしてあなたの様子は……よくわからないな。物思いにふけっている？　なにかが気になっている？　以上」

「その……ずっときみに訊くつもりだったあることを訊かなきゃならないんだ」

「いいわよ。なに？」

「〈グレイハウンド〉でのあの夜、きみは情報源のようにふるまい、おれとエミリーにヴォーゲルに関するあの情報を寄越して、きみが見た監視写真について説明してくれたんだが……」

「ふるまっていたんじゃない。あたしはあなたの情報源だったでしょ、ジャック。なにを訊きたいの？」

「あれは、仕組まれたものだったんだろ？　きみとＦＢＩ――あのメッツという男――きみたちは、われわれに百舌をヴォーゲルのところへ案内させたかった。だから、きみはわれわれに話した――」

「いったいなんの話をしてるの、ジャック？」

「これを言わないではいられないんだ。ずっと考えていたことなんだ。正直に話してくれ。おれは対処できる。たぶんきみを追いだした連中への忠誠心なんだろう。あれは復帰するためのなんらかの取引だったのか、それとも――」

「ジャック、またしてもなにかを台無しにするまえにその口を閉ざしなさい」

「ほんとに台無しにするのはおれなのか？　きみが連中といっしょにああいうことをしたのに、なにもかも台無しにするのはおれなのか？　それはまったく――」

「いまその話はしたくない。それから、お酒を飲むのをやめて」

「なにを言ってるんだ？　酒は飲めるぞ。飲みすぎたら歩いて帰ればいい。だけど、そこまで飲んではいない。あれがきみとＦＢＩの仕組んだものなのかどうか、教えてほしいんだ」

「言ったでしょ、そうじゃないって。それから、聞いて、いま問題がある」

「わかってる。きみが話してくれるべきだったんだ。そうすれば――」

「いえ、そのことを話しているんじゃない。あたしたちはいまここで問題を抱えているの」

彼女の声が低くなり、切迫した囁き声になった。

「いったいなんの話だ？」わたしは訊いた。

「調子を合わせて」レイチェルは言った。

レイチェルはこちらを向き、わたしの頬にキスをすると、腕をわたしの首にまわして、引き寄せた。公の場で愛情表現をするのは、レイチェルの場合、めったにないことだった。なにかが起こっていることにわたしは気づいた。わたしの質問から気をそらすため奇をてらったことをしているか、深刻な問題が起こっているかのどちらかだった。

「カウンターの向こうにいる男」レイチェルはわたしの耳に囁いた。「さりげなく確認して」

わたしはグラスに手を伸ばし、カウンターの先に目を走らせ、ひとりきりで座っている男を見た。男に関してなにも疑わしいところはないように思えた。男は氷と透明な液体が半分まで入ったカクテル・グラスを目のまえに置いていた。グラスにはライムのスライスも入っていた。

わたしはスツールの上で体をひねり、レイチェルと向かい合うようにした。われわれはたがいに相手の手をつかんでいた。

「あの男がどうした?」わたしは訊いた。

「彼はあたしのすぐあとで店に入ってきて、いまだに最初の一杯を飲み干さずにいる」レイチェルは言った。

「まあ、自分のペースでやっているのかもしれない。きみだって最初の一杯だろ」

「それはあの男がいるからよ。あいつは見ないようにしてこちらをじっと見ている。あたしを見ているの」

「どういう意味だい？」

「彼はここに来てから一度もこっちを見ていないという意味。だけど、鏡を利用している」

バーのうしろに大きな鏡があり、別の鏡が天井にも張られていた。問題の男の姿が両方の鏡で見えた。つまり、相手にもわれわれの姿が見えるということだ。

「確かかい？」わたしは訊いた。

「ええ」レイチェルは言った。「それから、あいつの肩を見て」

わたしは確認した――男の肩は大きく、上腕二頭筋と首は太かった。百舌の事件が明るみに出て以来、ＦＢＩは、百舌が前科者で、刑務所で体を鍛え、そこで首折りの技も完成させたのではないか、という説を追及していた。捜査は、フロリダ州スタークの州刑務所で起こった未解決の在監者殺人事件に照準を合わせた。死体がランドリー室の業務用洗濯機の裏に押しこまれた形で発見された。首がひどい形で折られており、死因は内的断頭とされた。

その事件は未解決のままだった。刑務所のランドリー室で働いていたり、そこにアクセスできた囚人は何人もいたが、監視カメラは乾燥機から出る蒸気で曇っていた――職員が繰り返し指摘していたものの、けっして改善の取り組みがなされなかった問題だ。

一ヵ月以上、捜査局は刑務所の中庭のカメラが撮影したビデオを見つづけ、殺人事件の当日、ランドリー室で働いていたり、そこにアクセスできた囚人全員のデータを調べた。百舌が在監者を殺したのは確実だ、とメッツ捜査官から聞いた。その殺人事件は四年まえに起こっていた。百舌の殺人がはじまるずいぶんまえであり、フロリダからはじまった百舌の犯行パターンと一致していた。

「オーケイ」わたしは言った。「だが、ちょっと待ってくれ」

わたしは携帯電話を取りだし、写真フォルダーをひらいた。そこには画家による百舌の似顔絵の写真がまだ入っていた。わたしはそれをひらき、画面をレイチェルのほうに傾けた。

「あまり似ていないと思う」わたしは言った。

「似顔絵をあまり信用しないで」レイチェルは言った。

「よく似ているとグウィネスは言ってたんじゃなかったっけ?」

「グウィネスは感情が高ぶっていた。一致してほしいと願っていたの」

「ユナボマーの似顔絵は正確だったぞ」

「百万にひとつの偶然。加えて、百舌の似顔絵は全米のあらゆるTV番組で紹介されてきた。顔を変えたかもしれない。インセルの場合、それは大事なことなの。　整形手術は。それにあの男は、ちょうどいい年齢よ――三十代なかば」

　わたしはうなずいた。

「で、われわれはどうするんだ？」わたしは訊いた。

「まず、彼があそこにいるのを知らないふりをする」レイチェルは言った。「それからメッツを関わらせることができるかどうか確かめる」

　レイチェルは携帯電話を取りだし、カメラ・アプリを起ち上げた。自撮り写真を撮るかのように携帯電話を手を伸ばして構える。われわれは寄り添い、画面に向かって笑みを浮かべたが、レイチェルはカウンターの反対端にいる男の写真を撮影した。

　その写真をレイチェルはじっと見つめた。

「もう一度」レイチェルは言った。

　われわれは笑みを浮かべ、レイチェルは次の一枚を撮った。今回は、男の顔にズームインし、拡大して撮った。幸いにもエルがカウンター中央のカップルとの会話に身を乗りだしていたため、レイチェルは遮るもののない一枚を撮影できた。

　わたしは身を寄せ、彼女が撮ったものを見、まるでレイチェルがひどい写真を撮ったかのように作り笑いをした。

「消してくれ」わたしは言った。「ひどい顔だ」

「いえ、気に入ったもの」レイチェルは言った。

レイチェルは実際の一枚を編集していた。画質が落ちないぎりぎりまで拡大してから保存した。それが終わると、レイチェルはその写真を添えてメッツ捜査官にショートメッセージを送った。


この男があたしたちを監視している。あいつだと思う。どう対処する？


われわれは返信を待っているあいだ、雑談をしているふりをした。

「どうやってきみをここまで尾行できたんだろう？」わたしは訊いた。

「それは簡単ね」レイチェルは言った。「あたしはあなたの記事に出ているし、ポッドキャストにも出演している。あたしの事務所から尾行できたはず。鍵をかけてからここへ直行したの」

それは合理的な説明のようだった。

「だけど、これはプロファイルに反している」わたしは言った。「FBIのプロファイラーたちはみんな、彼は復讐心《ふくしゅう》に駆られていないと言っていた。記事はすでに発表されている。われわれになにかするために戻ってくるリスクを冒すのはなぜだ？　以前に彼が見せた行動ではない」

「わからないわ、ジャック」レイチェルは言った。「ひょっとしたらなにかほかにあるのかもしれない。あなたはポッドキャストで彼に関する意見を数多く発表して広めている。ことによるとあなたは彼を怒らせたのかもしれない」

レイチェルの携帯電話の画面がメッツからの返信メッセージで光った。


きみの現在の場所はどこだ？　アーミン捜査官をリフトで送りだす。やつが尾行してきたら、馬蹄《ばてい》に追いこむ。


レイチェルは店の住所を添えて、リフト・カーの到着予定時刻を訊ねるメッセージを返した。

メッツは四十分かかるだろう、と答えた。

「オーケイ、じゃあ、もう一杯注文して、ふたりとも運転できなくなったふりをしよう」レイチェルは言った。「リフトのリクエストを送ったことにして、アーミンの車に乗りこむ」

「馬蹄ってなんだい？」わたしは訊いた。

「車による罠を仕掛けるの。あたしたちが車を走らせ、彼が尾行してくる。うしろから馬蹄を閉じるように近づいていって、逃げ場をなくす」

「きみは以前に馬蹄罠を仕掛けたことはあるのか？」

「あたし？　ないわ。だけど、彼らはやったことがあるはず」

「うまくいくことを祈ろう」

## 42

四十分後、アーミン捜査官が運転するＦＢＩのリフト・ミニヴァンの後部座席にわれわれは乗っていた。アーミンは〈ミストラル〉を離れ、ヴェンチュラ大通りを西に向かった。

「どんな計画？」レイチェルが訊いた。

「馬蹄を仕掛けた」アーミンは言った。「きみに尾行者がいるかどうか確かめなければならないだけだ」

「メッツは鳥を飛ばした？」

「ああ、別のオペレーションから解放されるのを待つ必要があった。いま向かっているところだ」

「で、何台用意しているの？」

「このリフトを含めて四台だ」

「それじゃ足りない。監視に気づいて、ずらかるかもしれない」

「急な通知で手配できたのはそこまでだ」

「馬蹄はどこにいるの？」

「101号線の北側のタイロン・アヴェニューに。川で行き止まりになっており、五分もあればいける」

わたしは車の暗闇のなかでレイチェルがうなずくのを見た。とはいえ、彼女が発している不安感とのバランスはほとんど取れていなかった。

ヴァンナイズ大通りで、われわれは北に曲がった。ほんの数ブロック先に101号線の高架道が見えた。

レイチェルは携帯電話を取りだしてかけた。彼女の声だけが聞こえる。

「マット、あなたがこの作戦を指揮しているの？」

レイチェルがメッツに電話をかけているのがわかった。

「彼はレストランを出たの？」

レイチェルは耳を澄まし、次の質問で、バーにいた男がわれわれの立ち去ったあとであとを付けているのを確認できたようだ。

「ヘリはどこ？」

レイチェルは聞きながら首を横に振った。答えに満足していなかった。

「ええ、そう願うわ」

レイチェルは電話を切ったが、最後の言葉の口調から、メッツが間違った対応をしているると考えているのがわかった。

われわれはフリーウェイの下を通り抜け、すぐに東へ曲がり、リヴァーサイド・ドライブに入った。四ブロック進んでタイロン・アヴェニューに近づくと、アーミンは右ウィンカーを出した。

アーミンはイヤフォンの無線に耳を傾けていた。指示を受け、それをわれわれに伝えた。

「よし、やつはうしろにいる」アーミンは言った。「袋小路《ふくろこうじ》に向かい、そこで停車させる。ふたりはヴァンのなかに残るんだ。たとえなにがあろうと、ヴァンに留まれ。わかったか？」

「了解」わたしは言った。

「わかった」レイチェルは言った。

われわれは角を曲がった。通りは両側に駐車している車が並び、薄暗かった。通りの両側には一戸建て住宅が並んでいる。一ブロック前方に高架フリーウェイの六メートルの壁が見えた。そこを左から右へ、西に向かって、街から離れる方向に進む車やトラックの屋根が見えた。

「ここは住宅地区で、暗すぎる」レイチェルが言った。「だれがこんな通りを選んだの？」

「急な通知で手配できたのはこれが精一杯だ」アーミンは言った。「うまくいく」

わたしがバック・ウインドウから外を見たところ、一台の車がゆっくりと角を曲がり、われわれを尾行してタイロン・アヴェニューに入ってくる際にヘッドライトが道路を横切っていた。

「来たぞ」わたしは言った。

レイチェルがうしろをチラッと見てからまえを向いた。あきらかにわたしよりこの作戦行動に精通していた。

「カットオフはどこ？」レイチェルは訊いた。

「やってくる」アーミンが言った。

わたしはすべての窓に目を走らせ、カットオフというのはなにを意味しているのだろう、と思った。右側の開口部を通過すると、バックでドライブウェイに入っていた一台の車がライトを点灯させるのが見えた。するとその車がわれわれのうしろで道路に突っこんできて、尾行車両のまえで急停止し、われわれと尾行車両とのあいだの障壁になった。わたしはそれをバック・ウインドウから見ていた。同時に尾行車両のうしろのドライブウェイから別の車が発進し、尾行車両をあいだに挟んだ。

最初の車の助手席側ふたつのドアから捜査官たちが転がるように出てきて、車のフロントの陰に隠れるのを見た。おなじことが、うしろから来た車でも起こっているのだろう、と推測する。

アーミンは運転をつづけ、われわれと逮捕作戦のあいだの距離をさらにあけた。

「ここで止まって！」レイチェルが叫んだ。「止まって！」

レイチェルの言葉を無視して、アーミンは通りの突き当たりのロサンジェルス川として知られているコンクリート造りの送水路を囲むフェンスにたどり着くと、ゆっくりとヴァンを止めはじめた。レイチェルはアーミンが車を完全に停止させるまえにサイドドアの解除装置に手を伸ばした。

「ヴァンのなかにいろ」アーミンが言った。「ヴァンに留まれ！」

「ふざけんな」レイチェルは言った。「もしあいつなら、なんとしても見たい」

レイチェルはドアから飛びだした。

「クソッタレ」アーミンが言った。

次にアーミンが飛びだし、あいたドアからわたしを指さした。

「あんたはここにいろ」アーミンは言った。

アーミンはレイチェルを追って、道路を駆けていった。わたしは一拍待ってから、自分もこれを見逃すわけにはいかないと判断した。

「クソくらえ」

わたしはレイチェルが開けっぱなしにしたドアを通り抜けた。あたりを見まわすと、レイチェルが封鎖作戦に近いところにいるのが見えた。アーミンは彼女のすぐうしろにいる。わたしは右の歩道に移動し、縁石に沿って停まっている車を隠れ蓑《かくれみの》にして通りを進みはじめた。

馬蹄はいまやヘッドライトやフリーウェイを越えて飛んできたヘリコプターのスポットライトに照らされていた。前方の道路で男たちの叫び声が聞こえた。どんどん緊迫感を増している。

するとひとつの単語がはっきり聞こえ、おおぜいがその言葉を繰り返した。「**銃だ！**」

そのあとで一斉射撃がつづいた。数え切れないほどの銃声だった。すべて五秒、ひょっとしたら十秒のあいだ発射されたのかもしれない。わたしは本能的に縁石に並んでいる車の後ろに身を隠して、先へ進んだ。

発砲が終わり、背を伸ばし、歩きつづけ、レイチェルが無事であることを確認しようと彼女の姿を目で探った。どこにも彼女の姿は見えなかった。

不気味な静けさののち、また叫び声が上がりはじめ、オールクリアの合図が聞こえた。

包囲網にたどり着くと、わたしは二台の車のあいだを縫い、上空からの照明のなかに入った。

バーにいた男が古いトヨタのあいたドアの隣の地面に仰向けに倒れていた。左手と左腕、胸と首に銃創が見えた。男は死んでいた。目を見開き、頭上のヘリコプターをうつろに見上げていた。ＦＢＩのレイドジャケットを着たひとりの捜査官が二メートル半ほど離れたところに立っていた。脚を広げ、地面に落ちているクロームメッキの拳銃を挟むようにしていた。

捜査官が少し体の向きを変え、わたしは相手がロジャー・ヴォーゲルが百舌に轢かれたあとで会った捜査官だとわかった。メッツだ。

そして向こうもわたしを見た。

「おい、マカヴォイ！」メッツは叫んだ。「下がれ！　とっとと下がれ！」

わたしは両手を広げて挙げ、無害であることを示した。メッツはそばに立っている別の捜査官に合図した。

「彼をヴァンに連れもどせ」メッツは命じた。

捜査官はわたしに近づいてきた。わたしの腕をつかんだが、わたしはその手を振りほどき、メッツを見た。

「メッツ、冗談じゃない！」わたしは怒鳴った。

捜査官はさらに攻撃的にわたしをつかもうと近づいてきた。メッツは銃をまたいでいる位置を離れ、わたしに向かってきた。片手を上げて、もうひとりの捜査官を制する。

「わたしが対処する」メッツは言った。「凶器を見張っていてくれ」

捜査官は方向を変え、メッツがわたしのそばに来た。彼はわたしに触れなかったが、まるで自分のうしろで地面に倒れている男をわたしの視界から隠すかのように両手を広げた。

「ジャック、いいか、きみはここにいてはならない」メッツは言った。「ここは事件現場だ」

「なにがあったんだ？」わたしは訊いた。「レイチェルはどこにいる？」

「レイチェル、知らんな。だが、ジャック、きみには戻ってもらわねばならん。ここでわれわれに仕事をさせてくれ。そのあとで、話をしよう」

「あいつは銃を抜いたのか？」

「ジャック……」

「やつだったのか？　百舌は銃を使ったことがない」

「ジャック、聞いてくれ。いまその件でわれわれは話すことはない。現場の作業をさせてくれ。そのあとで話をしよう。歩道に戻ってくれ。さもないと困ったことになる。警告はしたぞ」

「わたしは報道関係者だ。ここにいる権利がある」

「普通は、きみにはその権利がある。だが、事件現場のま、っ、た、だ、な、か、ではちがうんだ。わたしの忍耐心が尽きかけているんだぞ――」

「ジャック――」

われわれはふたりとも振り向いた。レイチェルはわたしのうしろに停まっている二台の車のあいだに立っていた。

「レイチェル、この男をいますぐ連れていけ。さもないとあとで保釈を申請しなければならなくなるぞ」メッツが言った。

「ジャック、こっちへ来て」レイチェルは言った。

レイチェルはわたしを手招きした。わたしは地面に倒れている死んだ男を振り返ってから、向きを変え、レイチェルに近づいた。彼女は二台の車のあいだを通って、歩道に足を踏み入れた。わたしはあとにつづいた。

「きみは発砲を見たのか？」わたしは訊いた。

「彼が倒れるところを見ただけ」レイチェルは言った。

「彼は銃を持っていた。それは百舌の――」

「わかってる。あとで答えが手に入るでしょうけど、いまは引き下がり、彼らに仕事をさせなければいけない」

「こんなのいかれている。二十分まえ、あの男はバーでわれわれの真向かいに座っていたんだ。いま、彼は死んだ。はっきりわかった、マイロンに電話をしなきゃならない。もう一本、掲載しなければならない記事ができたと伝えなければ」

「それはちょっと待ちましょう、ジャック。彼らに彼らの仕事をさせて、そのあとメッツがなにを言うのか確かめるの」

「わかった、わかった」

わたしは両手を上げて降参の仕草をした。すると、自分が話す内容や結果をなにも考えずに口に出していた。

「あの日のことをあいつにも訊くつもりだ。メッツに。あれが仕組まれたものだったことをあいつが否定するかどうか確かめてみる」

レイチェルは振り返り、わたしを見た。彼女は最初、なにも言わなかった。たんにゆっくり首を横に振っただけだった。

「馬鹿」レイチェルは言った。「また繰り返すのね」

# 最後の記事

## FBI、「百舌」逮捕劇で武装した男性を射殺

（マイロン・レヴィン）

連邦当局によると、昨夜、百舌連続殺人事件を担当する私立探偵をストーキングしていたオハイオ出身の男性が、シャーマン・オークスで、銃を抜き、自分を追い詰めたFBI捜査官たちにそれを向けた結果、一斉射撃を受けて射殺された。デイトン在住のロビンスン・フェルダー（三十五歳）は、フリーウェイ101号線のすぐ北にあるタイロン・アヴェニューで、午後八時三十分に死亡した。マシュー・メッツ捜査官によれば、フェルダーは、私立探偵レイチェル・ウォリングを尾行していたという。ウォリングは、三ヵ月まえ、百舌として知られている殺人事件容疑者による大量殺人の犯行を明らかにするうえで重要な役割を果たした人物である。

メッツの話では、フェルダーの車から押収した証拠から、彼が、大量殺人が明らかになって以来、この数ヵ月のあいだ百舌を偶像視するオンライン・グループに関わっていたことが判明した。証拠の大半は、ノートパソコンとフェルダーの閲覧履歴から見つかったもので、それによってフェルダーが百舌本人である可能性は排除された、

とメッツは語った。

ＦＢＩ捜査官たちは行き止まりの道路でフェルダーの車を停止させ、車から降りるように彼に命じた。メッツによると、当初、フェルダーはおとなしく従ったが、車から降りたとたん、ウエストバンドから銃を抜いた。フェルダーは凶器を捜査官たちに向け、それにより複数の捜査官たちの発砲を誘発したという。フェルダーは致命傷を負い、その場で死亡した。

メッツによると、現場で押収したその凶器に加えて、捜査官たちは、フェルダーの車のなかでいわゆる誘拐拷問キットを発見したという。そのキットとは、結束バンドとダクトテープに加え、ロープやナイフ、ペンチ、小型のアセチレンランプなどで、ダッフルバッグに入っていた、とメッツは説明した。

「フェルダーの意図は、ミズ・ウォリングを誘拐し、殺害することだったとわれわれは考えています」と、メッツは言った。

同捜査官によれば、殺害計画の動機は、百舌事件でのウォリングの役割だった。元ＦＢＩプロファイラーのウォリングは、残虐な方法で被害者の首を折る殺人犯の手で亡くなった全国の女性たちの事件をフェアウォーニングが調査取材するに際して、コンサルタントの役割を果たした。フェアウォーニングの調査は、女性たちが特定のＤ

NAパターンを共有しているがゆえに狙われたことを明らかにした。彼女たちは全員、自分のDNAを人気のある遺伝子分析サービス会社であるGT23社に提供していた。そののち、彼女たちの匿名化されたDNAは、二次市場で遺伝子研究ラボに販売され、そのラボが次に、女性を傷つけ、性的に有利な立場に立ちたがっている男たちの欲求を満たすダーク・ウェブサイトの運営者にその情報を提供していた。

このウェブサイトは現在閉鎖されている。百舌の身元は確認されておらず、捕まってもいない。大量殺人がフェアウォーニングによって明らかにされて以降、数週間で百舌は〝インセル〟サブカルチャー向けのオンライン・フォーラムで有名になった。この男性優位の運動――〝非自発的独身主義者《インヴォランタリリー・セリバトウ》〟を縮めて名付けられた運動――は、女性蔑視、セックスに対する権利意識、女性に対する暴力の推奨に関する投稿が特徴的なオンラインの活動である。全国で女性が物理的に襲われた数多くの事件が、当局によってインセルの犯行と断定されている。

メッツによると、フェルダーのSNSでの発言履歴を調べたところ、彼はここ数週間、さまざまなインセル・フォーラムで、百舌や、彼が女性に対しておこなった暴力を賞賛し、尊敬する投稿をいくつもおこなっていたのが判明したという。それらの投稿の大半を、#theydeservedit（あいつらは当然の報いを受けた）というハッシュタグで締めくくっていたとされる。

「この男は百舌へのなんらかのオマージュとして、ミズ・ウォリングを誘拐するため、当地にやってきたことに疑う余地はありません」メッツは言った。「彼女が傷つかなくて幸いでした」

ウォリングはコメントを拒否した。実は、ウォリングの命を救ったのは、ウォリング本人だった。シャーマン・オークスのレストランで、ウォリングは、フェルダーに監視されているのに気づき、相手が怪しい行動を取っていると判断した。彼女はFBIに連絡を取り、フェルダーが彼女をストーキングしているかどうか判定するための作戦が急遽《きゅうきょ》立案された。FBIの監視の下、ウォリングはレストランを離れ、タイロン・アヴェニューのあらかじめ定められた地点に車で向かった。

メッツによれば、フェルダーは車でウォリングの乗った車を尾行し、FBIの車による罠にかかったという。両手を見えるようにして車から降りるよう命じられたとき、フェルダーはおとなしく従った。だが、なんらかの理由から、フェルダーはベルトラインに手を伸ばし、四五口径拳銃を抜き取った。その凶器を掲げて発砲姿勢を取ったとき、フェルダーは撃たれた。

「彼はわれわれに選択の余地を与えませんでした」発砲時に現場にいたが、自身は発砲していないメッツは言った。

現場にはほかに七名の捜査官がおり、そのうち四名がフェルダーに発砲した。メッツによると、発砲はFBIの職務責任局と連邦検事局によって調査されるだろうという。

FBIロサンジェルス支局副支局長の立場にあるメッツ特別捜査官は、フェルダーの活動がインセル・コミュニティにいるほかのメンバーを刺激して、同様の行動をとらせる可能性を懸念している、と語った。メッツによれば、ウォリングおよび百舌事件に関わっているほかの関係者の安全を確保する努力がおこなわれるだろうという。

一方、百舌の身元を明らかにし、逮捕に結びつける努力は継続中だが、日を追うごとにフラストレーションが募っている、とメッツは認めた。

「この男が逮捕されるまで、われわれは安心していられません」メッツは言った。「なんとしても彼を見つけなければ」

# JACK

## 43

われわれは、百舌に関するポッドキャストの最終エピソードを録音するため、カーウェンガ大通りにあるサン・レイ・スタジオに集まった。最終というのは、あらたな配信に値する事件のなんらかの進展があるまで、という意味である。わたしはいままでに十七回のエピソードを配信した。事件について考えうるあらゆる角度から考察し、事件の関係者のなかで、記録され、録音されることに応じてくれたすべての人たちにインタビューをおこなった。そこには病室でのグウィネス・ライスのインタビューも含まれていた。彼女はいまでは、ノートパソコンから発せられる電子音声による声を持っていた。

今回の最終エピソードは、集められるかぎりの事件関係者を集めての、大々的な生の討論になった。スタジオの録音室に円卓が置かれた。レイチェル・ウォリング、FBIからメッツ、アナハイム市警からルイス刑事、フェアウォーニングからマイロン・レヴィン、ウイリアム・オートン事件の被害者ジェシカ・ケリーの代理人である弁護士エルベ・ガスパールが参加した。わたしのディープ・スロート情報源がルイスなのかガスパールなのか、突き止めることはできずにいた。ふたりともそれを否定した。だが、ガスパールは、ポッドキャストへの出演要請を快諾してくれた一方、ルイスはなだめすかして受諾してもらわねばならなかった。そのことから、わたしの推測はガスパールに傾いた。彼は事件で自分が演じた秘密の役割を楽しんでいた。

最後に、電話でエミリー・アトウォーターに出演してもらった。彼女はイングランドの秘密の場所から電話をかけてきて、質問に答える用意を整えていた。

配信時刻になるまえから保留にされている電話が何本もかかっていた。これは驚くようなことではなかった。ポッドキャストは着実に聴取者を増やしていた。五十万人以上の人間が、このライブ配信を発表した先週のエピソードを聞いていた。

われわれは円卓に集い、エンジニア兼スタジオ・オーナーのレイ・スターリングスが、ヘッドセットを各人に渡し、マイクの調整をおこなった。

この瞬間はわたしにとって気まずいものだった。ロビンスン・フェルダーの誘拐未遂からほぼ三ヵ月が経っていた。その間、わたしは一度しかレイチェルに会っておらず、その一度もわたしのアパートに彼女が残しておいた服を引き取りにやってきたときだった。

われわれはもう会うことはなかった。わたしは、あの最後の夜に彼女に対しておこなった非難を撤回し、謝罪をしたのだが。彼女が警告したように、あの非難でなにもかも台無しになった。われわれの関係は終わった。彼女にポッドキャスト最終回に出演してもらうための電子メールでのロビー活動は、デジタル版の謝罪と懇願だった。エピソードを彼女抜きで進めることは簡単にできただろうが、自分とおなじ部屋に来てもらうことで、なにかの火が点くのではないか、少なくとも自分の罪を告白し、赦《ゆる》しと理解を求めるチャンスをもらえるのではないかと、期待した。

われわれは百舌によってまだほどきがたく結び付けられているため、コミュニケーションが完全に遮断されているわけではなかった。彼女はわたしの情報源だった。彼女はメッツとFBIの捜査にアクセスできていた――わたしは彼女にアクセスできていた。われわれは電子メールだけで連絡を取り合っていたものの、それはまだコミュニケーションであることに変わりはなく、一度ならず、わたしは情報源と記者という関係の束縛を離れて、話し合いに彼女を引きこもうとした。だが、彼女はそのような努力を阻み、そらし、これからは仕事の上での付き合いにしておきましょうと要望した。

わたしはレイが彼女の口元近くにマイクを取り付け、音声レベルを確認するため、数度彼女に自分の名前を言わせるのを見ていた。彼女はずっとわたしと目を合わせるのを避けていた。振り返れば、わたしは事件で起こったほかのいろんなこととおなじように、この事態の変化に当惑していた。いったい自分のなかになにがあり、なにが欠けていて、確かなものを疑い、その基礎にひび割れをさがしてしまうようになったのか、わたしはわかっていなかった。

いったん生配信がはじまると、わたしはこのポッドキャストのすべてのエピソードの冒頭で使っていた、台本に書かれているイントロで口火を切った。

「死はわが職業《ビート》だ。わたしは死によって生計を立てている。死に基づいて職業上の名を成している……ジャック・マカヴォイです。この番組は、『マーダー・ビート』、みなさんを見出しの奥へ連れていき、事件の捜査員たちとともに殺人犯を追跡する、犯罪実録ポッドキャストです。今回のエピソードは、百舌の名で知られている連続殺人犯の犯行を暴き、追い詰めるのに一役買った捜査員や弁護士やジャーナリストのみなさんにライブでご出演いただいて、ファースト・シーズンの配信を締めくくるものです……」

という次第で進んだ。わたしはパネル・メンバーを紹介し、リスナーからの質問の受け付けをはじめた。質問の大半は、ぬるい投球だった。わたしは仲介者としてふるまい、それぞれの質問をどの参加者にぶつけるか選んだ。出席者全員、回答を短く簡潔にするよう事前に準備していた。回答が短ければ短いほど、多くの質問を受け付けることができる。平均よりも多くの質問をレイチェルに向けるようにして、ともかく彼女と会話しているような気になった。だが、しばらくして、それが空《むな》しく、恥ずかしいことに感じられた。

もっとも風変わりな電話が、チャリシーと名乗る女性からかかってきた。チャリシーは百舌事件に関する質問をしなかった。その代わり、十一年まえ姉妹のカイリーが誘拐され、殺害され、死体はヴェニスの埠頭《ふとう》の下で砂地に置いていかれた、と話した。警察はその事件で犯人を逮捕しておらず、チャリシーの知るかぎりでは積極的な捜査はおこなわれていない、と彼女は言った。

「わたしの質問は、あなたがその事件を調査してくれるつもりがあるかどうかなの」チャリシーは言った。

その質問はあまりにも突飛で、わたしは答えに窮した。

「そうですね」わたしは言った。「その事件を見て、警察がなにをしたのか確認することはできるでしょうけど、わたしは刑事ではありません」

「百舌の場合はどうなの？」チャリシーは言った。「あなたは百舌を調べたじゃない」

「状況が少し異なります。わたしはある記事の取材をしていたところ、それが連続殺人事件の調査になったんです。わたしは――」

ダイヤルトーンで話を中断された。チャリシーは電話を切っていた。

そのあと話し合いを軌道に戻し、番組はまだ長くつづいた。スポンサーの付いている配信時間は九十分に延び、リスナーからの質問からそれたのは、スポンサーの広告をわたしが読み上げなければならなかったときだけだった。スポンサーは、おおかた、ほかの犯罪実録ポッドキャストだった。

電話をかけてきたリスナーは『マーダー・ビート』を熱烈に支持してくれ、多くが次のシーズンでなにを取り上げ、いつはじまるのか、と熱心に訊いてきた。それらの質問はまだ正式な回答をわたしが持っていないものだった。だが、待ち望んでいる聴取者がいるようだとわかってありがたかった。沈みかけているわたしの士気を高揚させてくれた。

彼から連絡があることをひそかに期待していたのを認めざるをえなかった。百舌から。彼がこのポッドキャストのリスナーのひとりであり、ジャーナリストや捜査員を嘲り、脅す目的で、電話をかける気になってくれればいい、と願っていた。だからこそ、このセッションを引き延ばしたのだ。万一、彼が話す順番を待っている場合に備えて、すべての電話に出たかった。

だが、そういうことは起こらなかった。われわれが最後の質問に答え、生の受け答えを終えると、わたしは円卓越しにメッツを見た。われわれは事前に、アンサブ——氏名不詳の犯人《アンノーン・サブジェクト》を示すFBIの内部用語——が電話をかけてくる可能性について話し合っていた。メッツはわたしに向かって首を横に振り、わたしは肩をすくめた。メッツの隣に座っているレイチェルをチラッと見た。彼女はすでにヘッドフォンを外しかけていた。すると、彼女がメッツの腕に触れ、身を寄せてなにかを囁くのを見た。その仕草は親しげなようにわたしには見えた。わたしの士気はいっそう下がった。

わたしは、ポッドキャストに関わる人たち——出演者、スポンサー、スタジオ、サウンド・エンジニア——にいつもの感謝の言葉を述べて、しめくくった。なにかあったら即、百舌事件の新章とともに戻ってくる、とリスナーに約束した。サックス奏者グレース・ケリーの「お墓のそばで《バイ・ザ・グレイヴ》」の曲とともに番組は終わった。

それで終わりだった。わたしはヘッドフォンを外し、それをマイク・スタンドにかけた。ほかの出演者たちもおなじことをした。

「みんな、ありがとう」わたしは言った。「よかったよ。百舌が電話をかけてくることを期待していたが、きょうは洗濯で忙しかったんだろう」

ジョークとしては、温《ぬる》くて無神経だった。だれもニコリともしなかった。

「トイレにいかなきゃ」レイチェルが言った。「なので、もう帰るわ。みなさんに会えてよかった」

レイチェルは立ち上がると、わたしにほほ笑みかけたが、わたしはそこになんの希望も見いだしていなかった。わたしは彼女が録音室から出ていくのを見守った。

ガスパールとルイスが次に出ていった。ふたりはそれぞれオレンジ郡まで運転していかなければならなかったのだ。わたしがレイに、エミリーとまだつながっているか、と訊いたところ、すでに電話を切っているという返事だった。次にマイロンが出ていき、そのあと、メッツが出ていった。わたしはレイと残された。レイからは、今回のセッションを一時間に編集したいのか、それとも丸ごと最終回として投稿したいのか、と訊かれた。わたしは丸ごと出してくれと言った。ライブで聞かなかった人たちは、全部をダウンロードして、好きなときに好きなだけ聞くことができる。

わたしはエレベーターで建物の地下に降りた。そこの駐車場はいつも混み合っていて、ロドリゴという名の係員が、人々がスムーズに乗り降りできるよう二重駐車した車を絶えず移動させていた。エレベーターがひらくと、凹所になったエレベーター乗り場の先で、わたしはレイチェルがメッツとともに自分たちの車が届けられるのを待っているのを目にした。わたしは一瞬、うしろに下がった。なぜだかわからない。もしメッツが最初に車に乗ったら、レイチェルと話すチャンスがあるかもしれない、ひょっとしてわれわれふたりのなかで起こっていることに関して、誤解を解くため、会ってほしいと頼めるかもしれない、とわたしは思った。この一ヵ月で、わたしはポッドキャストからの広告収入で、新しい車をリースし、以前より広い部屋を借りていた。十年間、薄汚れたジープに乗ったあげく、新車を手に入れていた——レンジ・ローバーのSUV。それは成熟と安全をまさに象徴していた。ひょっとしたらレイチェルの車を駐車場に残して、この先のイタリアン〈ミセリス〉へいき、午後のグラス・ワインを味わえるかもしれない、と思った。

だが、わたしは間違っていた。ロドリゴが連邦政府車両と思しき車を運んできて、ふたりともその車に向かった。レイチェルは助手席側のドアに向かった。それはわたしが知りたがっていること以上のものをわたしに告げた。決まり悪くなり、ふたりの乗った車が駐車場のエレベーター乗り場のまえを通りすぎるまで、わたしは待っていた。

だが、タイミングが悪かった。わたしが足を踏みだしたとき、レイチェルはシートベルトを締めようと肩越しに振り返った。われわれの目が合い、彼女は笑みを浮かべ、連邦政府車両は走り去った。わたしはそのほほ笑みを謝罪の笑みだと受け取った。そして、さよならの表情だと。

ロドリゴがわたしの背後にやってきた。

「ジャックさん」ロドリゴは言った。「お車の用意ができました。最初の列です。鍵はフロント・タイヤの上に置いてます」

「ありがとう、ロドリゴ」なおも、車庫を出てカーウェンガ大通りに曲がっていくメッツの車を見ながら、わたしは言った。

車が見えなくなると、わたしは自分の車に向かってひとりで歩きだした。

# 44

家に帰るしかないな、と思った。わたしはカーウェンガ大通りに入り、北を目指した。道なりに進むと、やがてそこは西に大きく曲がってヴェンチュラ大通りになり、わたしはスタジオ・シティに入っていた。新居はヴァインランドの寝室がふたつある賃貸住宅だった。いましがた駐車場で見たのはなんだったのだろう、どう解釈したらいいのだろう、と考えていた。道路に注意を払っておらず、目のまえにブレーキライトが灯ったのも意識していなかった。

わたしの新しいSUVの衝突防止システムが作動し、ダッシュボードから鋭い警報音が発せられた。わたしは物思いから覚め、両足でブレーキ・ペダルを強く踏んだ。SUVはスリップし、目のまえで停まっているプリウスの五十センチ手前で急停止した。

背後に鈍い衝撃を感じた。

「クソ！」

気を取り直し、バックミラーで確認してから、外に降りて、被害を確認した。車のうしろへ歩いていくと、うしろを走っていた車が優に二メートルは離れたところに停まっていた。わたしの車には被害の跡がなかった。わたしは後続車のドライバーを見た。彼の車の窓が下ろされていた。

「当てました？」わたしは訊いた。

「いいや、当ててない」相手は怒ったように答えた。

わたしは自分の車のうしろを再度確認した。まだ車には登録前タグがついていた。

「おい、あんた、そのピカピカの新車にさっさと乗りこんで、動いたらどうだ？」後続車のドライバーが言った。「そのクソ車で渋滞させているんだよ」

わたしは手を振って、相手とその無礼さをはねつけると、運転席に戻ったが、一連の状況に困惑していた。運転をつづけながら、なにが起こったのか考えた。ブレーキを踏んだとき、なんらかの重たい衝撃を感じたのは確かだ。新車のなにかが壊れたり緩んだりしているのだろうかと思ったが、ふいにイケアのことを考えた。新居は元の住戸の二倍近い広さがあった。もっと家具がいるということでもあり、わたしは新しいＳＵＶを手に入れてから、バーバンクのイケアに何度も通い、後部の荷室を有効活用した。だが、そこにはいまなにも入れていない確信があった。その荷室は空だ。あるいは、そのはずだった。

すると、思い当たった。バックミラーを確認したが、今回は、車の後方より、バック・ウインドウのこちら側になにがあるかに興味を抱いていた。荷室の被せ蓋《かぶぶた》がそこにあった。なにもおかしくないように見える。

わたしは携帯電話を取りだし、レイチェルに短縮ダイヤルでかけた。発信音がカーステレオのサラウンド音で鳴り響いた。販売員が納車に来たとき、わたしのために設定してくれたブルートゥース接続を忘れていた。

あわててダッシュボードのボタンを押して、サウンドシステムを切った。発信音が携帯電話とわたしの耳にだけ戻ってきた。

だが、レイチェルは電話に出なかった。たぶん彼女はまだメッツといっしょにいて、わたしがやり直そうという感傷的な会話をするためにかけてきたと思っているのだろう。ヴォイスメールに切りかわり、わたしは電話を切った。

もう一度電話をかけ、待っているあいだに隣の座席に載せていたノートパソコンに手を伸ばし、蓋をひらいた。そのパソコンのファイルにメッツの携帯電話番号が記されているのがわかっていた。

だが、今回、レイチェルが電話に出た。

「ジャック、いまはいいときじゃないわ」

わたしはノートパソコンを叩き閉め、声を低くして話しかけた。

「メッツといっしょにいるのか？」

「ジャック、だれといっしょにいるかなんて話す気にならない――」

「そういう意味じゃない。まだメッツといっしょに車に乗っているんだな？」

わたしはバックミラーを再確認し、声に出して話すのをやめねばならないと悟った。

「ええ」レイチェルは言った。「あたしの事務所まで送り届けてくれているだけよ」

「ショートメッセージをチェックしてくれ」わたしは言った。

電話を切る。

ヴァインランドの交差点にさしかかると車の流れが遅くなった。わたしはそのタイミングを捉えて、レイチェルにショートメッセージを送った。

おれは自分の車に乗っている。うしろにストライクが隠れている。

それを送ったあとでオートコレクトが百舌《シュライク》をストライクに変換していたのに気づいた。だが、彼女ならわかってくれるだろう、と判断する。
レイチェルはわかってくれた。すぐに返信があった。

ほんとなの？　あなたはどこにいるの？

わたしは自分の賃貸住宅のある建物に近づいていたが、通りすぎた。そして返信を入力した。

ヴァインランド

携帯電話が鳴り、画面にレイチェルの名前が出た。わたしは通話にしたが、声は出さなかった。
「ジャック？」
わたしは咳払《せきばら》いをし、うしろに隠れている人物に自分が電話に出ていることを明らかにしたくないと思っていることを彼女がわかってくれるよう願った。

「オーケイ、わかった」レイチェルは言った。「話せないのね。では、聞いて、あなたにはふたつ選択肢がある。人通りの多い場所にいき、人がいる駐車場に車を停め、降りて、車から逃げだす。場所をあたしに連絡して。警察をそこに派遣し、できればそいつを捕まえる」

彼女は第二の選択肢に移るまえになんらかの返事を確認しようと、一拍待った。わたしが黙ったままでいるのを別の計画に興味を抱いている意味だと判断してくれたはずだ。

「オーケイ、もうひとつの選択肢は、そいつを確実に逮捕する方法。あなたはある目的地に進み、そこでこちらは前回やったように馬蹄を仕掛け、最後にそいつを捕まえる。もちろん、この選択肢のほうがあなたにとって危険性が高い。だけど、あなたが車を動かしつづければ、やつは行動を起こさないでしょう。待っているはず」

レイチェルは待った。わたしはなにも言わなかった。

「では、ジャック、こうして。もし最初の選択肢を望むなら、一回咳払いをして。もし二番目でいきたいなら、咳をしないで。なにもしないで」

選択肢を検討するのに時間をかけると、沈黙がより危険な第二の選択肢を選ぼうとしていることを認めることになる、とわたしは悟った。だが、それでかまわなかった。その瞬間、病院で管と装置に囲まれているグウィネス・ライスの姿と、百舌を生かしておかないでくれとの電子的な懇願がわたしの脳裏に浮かんだ。

わたしは二番目の選択肢を望んだ。

「オーケイ、ジャック、二番目の選択肢ね」レイチェルは言った。「間違っていたら咳払いして」

わたしは黙っており、レイチェルはそれを確認と受け取った。

「101号線にたどり着いたら、南に向かってちょうだい」レイチェルは言った。「あたしたちはいまそこを走っており、そこは充分に広い。あなたがハリウッドにたどり着くまでにこちらは計画を整える。いまから折り返して、そっちに向かう」

わたしはフリーウェイ170号線の南向き入り口にさしかかっていた。その先、南に一・五キロほどで101号線と合流するのをわたしは知っていた。レイチェルがつづけた。

「マットが手配をしているあいだ、この電話をつないでおく——彼はいまロス市警と話をしている。ロス市警のほうが車の手配を早くできるはず。とにかく動きつづけて。車が動いているあいだは、やつはなにもしようとしないでしょう」

レイチェルからわたしが見えないのはわかっていたものの、わたしはうなずいた。

「だけど、もしなにかあって、止まらないといけなくなったら、車を降りて逃げて。無事でいて、ジャック……あなたには……無事でいてもらわないと」

わたしはその落ち着いて、親密さのこもった口調を心に留め、返事をしたかった。自分の沈黙がなにかを伝えることを願った。だが、すぐに疑念が頭をもたげてきた。荷室になにか置き忘れたんじゃないだろうか？　わたしが感じた鈍い響きは、道路上のくぼみから感じたものじゃなかったのか？　わたしは勘に基づいてFBIとロス市警を出動させていた。たんに一回だけ咳払いして、ノース・ハリウッド分署に車を向ければよかったという気になりはじめた。

「オーケイ、ジャック」レイチェルは言った。その声はいつもの命令口調に戻っていた。「用意が整ったら、連絡する」

運よく、フリーウェイの入り口に青信号が灯っているのを前方に見た。疑念を脇に置いて、わたしはカーブを曲がった。フリーウェイの入り口はループを描き、わたしは170号線を南に向かっていた。わたしは101号線との合流車線の一本を選び、車の速度を時速百キロまで上げた。レイチェルの言うとおりだ。フリーウェイは比較的混んでいたが、車は流れていた。ラッシュアワーまえの時間であり、フリーウェイの大半は北向きに進んでダウンタウンを抜け出し、ヴァレー地区とその先の郊外へ向かっていた。

101号線に合流すると、高速車線に移り、流れに乗って進んだ。いまは時速八十キロで進んでいた。数秒おきにバックミラーを確認し、携帯電話を左耳に当てていた。レイチェルとおなじ車に乗っているメッツが別の電話で話しているのが聞こえた。それはくぐもっており、メッツが言っていることをすべて聞き分けられたわけではなかった。だが、彼の口調の切迫感は間違いなく聞き取れた。

しばらくするとわたしはカーウェンガ・パスに入り、キャピタル・レコードのビルが前方に見えた。レイチェルが電話に戻り、計画を話してくれるのを待ちながら、わたしは全体像をまとめようとしていた。結局、百舌はポッドキャストのリスナーだったのだと悟った。わたしは彼が必要としているものすべてを渡していた。毎回のエピソードの最後に、わたしはレイ・スターリングスに感謝する際、録音スタジオをしつこく宣伝していた。また、最終エピソードになる予定のライブでの円卓討論の日時を繰り返しアピールしていた。

百舌はサン・レイ・スタジオが入っている建物を監視し、どうやって駐車場の状況を自分に有利に生かすか突き止めればいいだけだった。駐車場整理の職員は、移動させる車のキーをフロント・タイヤの上に置いて届ける。百舌はロドリゴがほかの車を動かしているあいだに忍びこみ、キーを使ってわたしのレンジ・ローバーのロックを外して、車の後部に身を隠せばよかった。

わたしは突然、別の可能性に気づいた。わたしはポッドキャストの時間と場所をあらゆる人間に広めていた。仮に何者かが後部に身を隠していたとしてもそれが百舌ではない可能性があった。ロビンスン・フェルダーのようなあらたな頭のおかしいインセルである可能性があった。耳から携帯電話を離し、レイチェルにその可能性を送信しようとしたとき、ふたたび彼女の声がした。

「ジャック？」

わたしは待った。

「計画を整えた。サンセット大通りまでいって、そこで降りてほしい。そうするとハロルド・ウェイ・ウェイの交差点でヴァン・ネスに降りることになる。すぐに右折してハロルド・ウェイを通って。そこで用意をしている。ロス市警がパトカー二台をそこに待機させており、さらなる車が向かっている。マットとあたしは二分後に到着する。もしあなたが理解し、このまま進めていいなら、咳払いをして」

わたしは一拍待ってから、音を立てて咳払いした。心構えができていた。

「わかった、ジャック、あなたにしてもらいたいのは、いま運転している車の種類をメッセージで送ってもらうこと。最近の電子メールで、新車を手に入れたことを書いていたのを覚えている。メーカーとモデルと色を教えて。色が重要よ、ジャック。なにがやってくるのか知りたいの。それから最後に通過した出口をそこに入れて。タイミングがわかるから。やってちょうだい、でも、気をつけて。メッセージを打っているときに事故を起こさないように」

わたしは携帯電話を耳から離し、必要な情報をレイチェルへのメッセージに入力しながら、携帯電話、バックミラー、前方の道路と次々と焦点を合わせるものを変えていった。

メッセージを送った。ハイランドの出口を通りすぎようとしている事実を含めた。そのとき、前方の道路に目をやると、すべての車線でブレーキライトが灯っていた。車の流れが止まろうとしていた。

## 45

前方で事故が発生していた。わたしのＳＵＶから、前方にある数台の車の屋根越しにその先が見えた。煙と横転した車が、高速車線とフリーウェイの左の路肩を塞いでいるのがわかった。

その渋滞のなかで完全に止まってしまわぬうちに右に寄らねばならないとわかった。わたしはウインカーを出し、減速している四車線をやみくもに横切りはじめた。わたしの動きで、わたしとおなじことをしようとしていた怒った通勤客から一斉にクラクションが鳴った。車の流れは這《は》うほどになり、車と車の距離が圧縮されていたが、道路上のだれもわたしのような緊急事態に遭遇はしていなかった。彼らのフラストレーションやクラクションはどうでもよかった。

「ジャック？」レイチェルが言った。「クラクションが聞こえた、いったいなに――あなたが話せないのはわかってる。なんとかメッセージを送って。あなたがいま送ってくれた情報は受け取った。なにが起こっているのか伝えようとして」

車のなかにひとりきりでいるときたいていのロスのドライバーがおこなうことをわたしはした。車の流れに向かって悪態をついたのだ。

「いやになるな！　なんで止まってるんだ？」

わたしにはたどり着かねばならない車線があとひとつあり、そこを通るのが事故渋滞を回避するもっとも速い方法だと思った。もはやミラーを信用せず、座席に座ったままで体を半分ひねり、窓から競争相手を確認した。その間ずっと携帯電話を耳に押し当てていた。

「オーケイ、ジャック、了解した」レイチェルが言った。「だけど、路肩を通って。そこで降りるためにやらなきゃならないことはなんでもやって」

わたしは一度咳払いをした。現時点ではそれがイエスを意味するのか、ノーを意味するのか、定かではなかった。わたしにわかっているのは、この渋滞を迂回しなければならないということだった。いったん事故現場を通りすぎれば、フリーウェイは広くなり、飛ぶように走れるだろう。

ハイランドの出口をゆっくり通りすぎ、事故現場が二百メートルほど前方、ヴァイン・ストリートの出口手前であるのを見て取った。そこでは車の流れは完全に停止していた。

人々がそれぞれの車から降りて、フリーウェイに立ちだしたのが見えた。煙を上げている車の残骸を通りすぎるほかの車はジリジリとしか動いていなかった。うしろのほうからサイレンが近づいてくるのが聞こえ、第一対応者たちの到着は事態をさらに遅らせ、さらに長引かせるだろうとわかった。また、自分が運んでいると信じている致命的な貨物をその第一対応者たちのところに持っていけるともわかった。だが、わたしが持っていくものを彼らは理解するだろうか？　彼らは彼を逮捕してくれるだろうか？

そうした疑問を考えながら、サンセット大通りにたどり着くまであと一・五キロになったとき、車の後部で大きなバチッという音が聞こえた。

まうしろを振り返ると、後部荷室のバネで留められた蓋が外れ、窓のブラインドのように蓋の筐体《きょうたい》にカチッと納まった。

そのスペースから人影が立ち上がった。男だ。自分の居場所を確かめるかのようにまわりを見まわし、さきほど聞こえたサイレンが交通事故現場へ向かっている救急車のものであるのをリア・ウインドウから見たにちがいなかった。

次に男は向きを変え、まっすぐわたしを見た。

「やあ、ジャック」男は言った。「どこへ向かっているんだ？」

「おまえは何者だ？」わたしは言った。「なにが狙いだ？」

「おれが何者かは知ってるんじゃないか」男は言った。「そしてなにを狙っているのかも」

男は後部座席を乗り越えはじめた。わたしは携帯電話を落とし、アクセルを踏みこんだ。車はまえに飛びだし、わたしはステアリングホイールを右に切った。SUVがフリーウェイの路肩に乗り上げ、前方にいた車の右隅に接触した。ゆるい砂利で車輪が空回りし、足がかりを求めて、砂利を飛ばした。バックミラーで侵入者が自分の隠れていたスペースまで後ろ向きに飛ばされたのを見た。

だが、すぐさま男はまた姿を現し、座席をふたたび乗り越えようとした。

「速度を落とせ、ジャック」男は言った。「なにを急いでるんだ？」

わたしは答えなかった。脱出計画を考えだそうとして、わたしの心は車より速く駆けていた。

ヴァイン・ストリートの出口は事故現場の少し先にあった。だが、そこを降りたとしてなにが得られる？

アドレナリンが分泌されまくっている瞬間、わたしの選択肢は単純に思えた。闘争あるいは逃走。動きつづけるか、車を止め、降りて、走る。

心の奥で、わたしはひとつのことがわかっていた。走って逃げれば、百舌をまた逃がしてしまうだろう。

わたしはペダルに足を載せつづけた。

あと百メートル足らずで渋滞を抜け、路肩を外れることができそうになったところで、芝刈り道具を満載したおんぼろのピックアップ・トラックがいきなり路肩の前方に入ってきた——はるかに遅い速度で。

わたしはステアリングホイールをふたたび右に切り、速度を落とさずにすり抜けようとした。車はフリーウェイの端のコンクリート製の防音壁をするどく擦り、跳ね返ってピックアップ・トラックの側面にぶつかり、左側にあるほかの車に押しやった。クラクションが一斉に鳴らされ、金属の衝突音がつづいたが、わたしの車は動きつづけた。ステアリングホイールをまっすぐにし、わたしはミラーを確認した。背後にいた男は後部座席の床に投げだされていた。

二秒後、わたしは交通渋滞を通り抜けており、目のまえにはひらけた五車線のフリーウェイがあった。

だが、まだサンセット大通りの出口まで一キロ弱あり、それほど長く百舌を近寄らせないようにはできないとわかっていた。携帯電話は車のどこかにあり、レイチェルはおそらくまだ耳を澄ましているだろう。これが彼女への最後の呼びかけになるかもしれない言葉を発した。

「レイチェル！」わたしは叫んだ。「おれは――」

一本の腕が首に巻きつき、わたしの声を塞いだ。頭がヘッドレストに激しく押しつけられる。片方の手を伸ばして、相手の腕を首からはがそうとしたが、百舌は腕を固め、圧力を強めてきた。

「車を止めろ」百舌はわたしの耳に話しかけた。

わたしは両脚を踏ん張り、座席に体を押しつけ、相手の前腕に対して空間を設けようとした。車はスピードを上げた。

「車を止めろ」百舌は再度言った。

わたしはひとつのことをわかっていた――自分はシートベルトをしているが、相手はしていない。この車の安全性と構造について、販売員が得々と話していたのを思いだす。横転防止機構がどうとかこうとか。だが、わたしは興味がなかった。さっさと書類に署名をして、運転して帰りたかった。自分にはけっして関係はないだろうと思っていたことに耳を貸さずに。

だが、いま関係は大ありだった。

デジタル速度計が時速百三十六キロを過ぎたあたりで、車が高速走行適正仕様になるよう自動的に車高を下げるのを感じた。わたしは襲撃者の前腕から手を離し、両手でステアリングホイールをつかんで、勢いよく左に切った。

車は激しく左側に曲がったが物理的な力が勝った。ほんの一瞬、車は道路をつかんでいたが、次の瞬間、左前輪が路面を離れ、左後輪もあとにつづいた。車が少なくとも数十センチ宙に浮かんだと思い、ついで横転し、路面にぶつかる衝撃が来て、回転をつづけ、フリーウェイを転がっていった。

なにもかもスローモーションで動いているようだった。わたしの体は衝突のインパクトがあるごとに四方八方に揺さぶられた。首にまわされていた腕がうしろへ離れていったのがわかった。金属の千切れる激しい音と、ガラスの砕ける爆発的な音が聞こえた。

車内を破片が飛びまわり、いまやガラスがなくなった窓から飛びでていった。ノートパソコンがわたしの脇腹にぶつかって、どこかの時点でわたしは意識を失った。

気がつくと、わたしは座席に座ったまま宙づりになっていた。車の天井を見下ろしており、そこに自分が血を滴らせているのを見た。わたしは顔に手を伸ばして、出血箇所を突き止めた――頭のてっぺんに長い切り傷があった。

なにが起こったんだろう、と思った。だれかに殴られたのか？　自分がだれかを殴ったのか？

そこで思いだした。

百舌。

できる範囲であたりを見まわした。百舌の姿はなかった。車の後部座席は事故で外れ、天井を下にしてぶら下がっており、視界を遮っていた。

「クソ」わたしは言った。

口のなかに血の味がした。

脇腹に鋭い痛みが走り、ノートパソコンのことを思いだした。肋骨にぶつかったのだ。

左手を天井に置いて、体を支え、反対の手でシートベルトを外そうとした。わたしの腕は自分を支えられるほどたくましくなく、わたしは天井にドサッと落ちた。両脚がまだステアリングコラムにひっかかっていた。そこからゆっくりと自分を下ろした。そうしているうちに、小さな声がわたしの名前を呼んでいるのに気づいた。

あたりを見まわし、フロント・ウインドウの外一メートルほどのアスファルトの上に自分の携帯電話が転がっているのを見た。画面には蜘蛛《くも》の巣《す》状にひびが入っていたが、そこに〝レイチェル〟の名前を読むことができた。電話はまだつながっていた。いったん脚を外すと、わたしはウインドシールドがあった空間から這いでて、携帯電話に手を伸ばした。

「レイチェル？」

「ジャック、大丈夫なの？　なにがあったの？」

「あー……事故った。おれは出血している」

「いま向かってる。アンサブはどこ？」

「アン……？」

「百舌よ、ジャック。あいつの姿は見える？」

そこでわたしは自分の首にまわされた腕を思いだした。百舌。あいつはわたしを殺そうとした。

わたしは残骸から完全に抜けだし、逆さまになったレンジ・ローバーのフロントエンドのそばによろめきながら立ち上がった。フリーウェイの路肩から人々がこちらに向かって走ってくるのが見えた。青い照明を点滅させている一台の車が同様に近づいてくる。

わたしは二、三歩、おぼつかない足取りで歩いてみて、片方の足がどこか悪いのに気づいた。一歩ごとに左の踵《かかと》から臀部《でんぶ》に痛みが走った。

それにもかかわらず、わたしは残骸のまわりを動きまわり、うしろから窓を覗きこんだ。

ほかにだれかがいる様子はなかった。だが、車は地面に平行ではない形でさかさまになっていた。人々が車にたどり着くと、パニックにかられた叫び声が聞こえた。

「これを動かさないと！　下敷きになっている！」

わたしは足を引きずって、彼らのいる側にまわり、彼らが見ているものを見た。車が路面に対して平行にひっくり返っていなかったのは、百舌がその下敷きになっていたからだった。屋根の端から彼の手が外に伸びているのが見えた。わたしは慎重にアスファルトにしゃがみこんで、残骸の下を見た。

百舌は車の下で潰れていた。顔がわたしのほうに向かって曲がっており、両目を見開いていた。片方の目は生気を失って宙を見つめていたが、反対の目は周辺が壊れ、角度もずれていた。

「これをどかしてやるのを手伝ってくれ！」だれかが現場に駆けつけるほかの者たちに叫んだ。

わたしは立ち上がった。

「お構いなく」わたしは言った。「手遅れだ」

THE END

# 46

現時点で、わたしの車の下敷きになった男の身元は判明していない。彼の本名を見つけることはできずにいる。彼が身に付けていた灰色のフーディーやズボンのポケットに身元を明かすものはなにもなかった。彼の指紋とDNAがFBIによって、世界じゅうのあらゆる利用可能なデータベースに送られたが、合致したものはなかった。サン・レイ・スタジオの入っている建物から一・六キロの範囲を格子状に分割して大規模徹底捜索したが、乗り捨てられた車は見つからず、唯一、ガソリンスタンドの防犯カメラが、灰色のフーディーを着た男がバーハム大通りの陸橋を使ってフリーウェイ101号線を東から西に横断する様子をピンボケのアングルで捉えていた。男はライブ・ポッドキャストの一時間まえにスタジオの方向に動いていた。だが、フリーウェイの東側をあらたに格子状捜索したが、いかなる車も、いずれかのカー・サービスによって降ろされた人間の記録も見つからなかった。

検屍解剖による死体の調査で、橈骨《とうこつ》と呼ばれる腕の骨の修復手術を以前に受けていたことが明らかになった。子どものころの怪我だったようだ。虐待を示す螺旋《らせん》状骨折だった。歯の治療痕も限られていた。歯の治療はアメリカでおこなわれたものである特徴を示していたが、X線写真から歯科医あるいは患者を特定するには至らなかった。

現時点で、百舌は死んでも謎のままである。

ずっとそのままである可能性が高かった。新聞業界の言葉で言えば、百舌は、いまでは一面を外れていた。大衆の彼に対する不気味な熱狂の瞬間は、マスコミの焦点が移ると、煙草の煙のようにかき消えた。百舌はその存在のほとんどがレーダーの下を飛んでいた。活動が終わったあと、彼はそこへ戻ったのだ。

百舌がもはや脅威でなくなると、エミリー・アトウォーターは英国から戻ってきた。ロサンジェルスを恋しく思っているのに気づいたのだ。そしてわたしがフリーウエイ101号線で提供した物語の結末を添えて、彼女は本を完成することができた。そののち、彼女はシニア・スタッフ・ライターとしてフェアウォーニングに復帰し、マイロンがそのことを喜んでいるのをわたしは知っている。

それでも、わたしは百舌が何者であり、彼を女性たちの殺人者にしたのはなんなのかがわからないことで、悩みつづけている。わたしにとって、それは記事が未完成のままになっているということだった。わたしの心に永遠に残るであろう疑問だった。

この一部始終は、わたしを変えた。自分がクリスティナ・ポルトレロとデートをしていなかったらどうなっていただろう、と思うことがよくある。もしわたしの名前がロス市警の捜査で浮かび上がらず、マットスンとサカイがあの夜、わたしを追って車庫にやってこなかったとしたら。百舌はまだレーダーの下を飛んで、存在していただろうか？　ハモンドとヴォーゲルはダーク・ウェブ上のダーティー4をまだ運営していただろうか？　そして、ウイリアム・オートンはまだなにも知らぬ女性たちのDNAを彼らに売っていただろうか？

そういうのはおぞましい考えであり、また、刺激的な考えでもあった。それらは未解決の事件が巷間《こうかん》にあふれているとわたしに考えさせた。あらゆる果たされなかった正義、愛する者を失った母親、父親、家族。わたしはポッドキャストに電話をかけてきたチャリシーのことを考えた。彼女に連絡を取る方法があればいいのにと願う。

そのとき、自分はもはや傍観者ではいられないとわかった。そうしたことを記事にしたり、ポッドキャストで話したりするジャーナリストではいられない、と。自分はサイドラインで取材している記者にはなれないとわかっていた。わたしはゲームに入らなければならなかった。

新年最初の仕事日に、わたしは交換したレンジ・ローバーに乗ってダウンタウンにいき、駐車スペースを見つけると、マーカンタイル銀行ビルに入っているRAWデータサービスのオフィスに入っていった。レイチェルと話をしたいと求め、すぐに彼女のオフィスに通された。われわれは百舌が死んだ日から話をしていなかった。わたしはわざわざ腰を下ろさなかった。早く済ませるつもりだった。

「なんの用？」レイチェルはおずおずと訊いた。

「ひとつアイデアがあり、きみに聞いてもらいたいんだ」わたしは言った。

「聞きましょう」

「おれはポッドキャストでたんに殺人の話をするだけではいやなんだ。解決したい」

「どういう意味？」

「言ったそのままの意味だ。ポッドキャストで殺人事件に取り組みたい。事件を持ちこむ。未解決事件を。それを検討し、取り組み、解決する。きみにそこに加わってほしい。きみが事件をプロファイルし、それからみんなで調べるんだ」

「ジャック、あなたは捜査権が――」

「おれが警官でないのは関係ない。われわれはデジタル時代に生きている。警察はアナログだ。われわれは物事をまとめることができる。ポッドキャストに電話をかけてきたあの女性を覚えているかい？　チャリシーを？　彼女はだれもあの事件に取り組んでくれないと言っていた。われわれならできる」

「まるでアマチュア探偵になると言っているみたいだわ」

「きみはアマチュアじゃない。それにわれわれが百舌に取り組んでいたとき、きみがそれを心から気に入っていたのを知っている。きみは自分がおこなう本来の仕事に戻っていたんだ。おれがそれをきみから取り上げたが、いまはそれを取り戻させる申し出をしている」

「おなじじゃないの、ジャック」

「ああ、もっとましだ。なぜなら、われわれにはルールがない」

レイチェルはなにも言わなかった。

「だれだって身元調査はできる」わたしは言った。「だけど、きみには才能がある。それを百舌といっしょに見たんだ」

「だけど、これはポッドキャストになると言っているんでしょ？」レイチェルは訊いた。

「われわれは集まり、事件について話し、録音し、配信する。広告収入で捜査費用を賄う」

「ちょっとクレイジーに思えるな」

「連続殺人犯に自白させた主婦のポッドキャストがある。なにもクレイジーじゃない。これはうまくいくんだ」

「だけど、どこからそんな事件がやってくるの？」

「どこからでも、いたるところから。グーグルで。まず、チャリシーが電話をかけてきた事件を見つけるつもりだ。彼女の姉妹の事件」

レイチェルは長いあいだ黙っていたあげく、口をひらいた。

「ジャック、これは……」

「いや、きみとやり直したいという情けない企《たくら》みじゃない。自分が台無しにしたのはわかっている。それを受け入れる。これはいま言ったとおりのことなんだ。ポッドキャストだ。自分はまんまと逃れたと思っている連中を追いかけるんだ」

レイチェルは最初、反応しなかったが、わたしが話し終えたときにほぼうなずくのを見た気がした。

「考えてみる」レイチェルはようやく言った。

「わかった、それが聞きたいことだ」わたしは言った。「ただ、あまり長く考えすぎないでくれ」

言いたいことを言い終えると、わたしは踵を返し、それ以上なにも言わずにオフィスをあとにした。エレガントな古い建物を出て、メイン・ストリートに入る。一月の空気は肌寒かったが、太陽は出ており、いい年になりそうだった。わたしは自分の車に向かって通りを歩いた。車にたどり着かぬうちに携帯電話が鳴った。

レイチェルからだった。

# 著者但し書き

本書はフィクションですが、フェアウォーニングは実際に存在するニュース・サイトであり、消費者問題を報道する屈強な番犬です。マイロン・レヴィンが創設し、編集している非営利団体です。著者はフェアウォーニングの取締役会《とりしまりやく》の一員です。フェアウォーニングとマイロン・レヴィンの名前は、許可を得たうえで使用しています。さらなる情報を得、その重要な仕事への寄付をおこなうことを考慮なされる方は、FairWarning.org へアクセスして下さい。

この小説で扱われている遺伝子研究は、事実と、ヒトゲノムの現行の理解とに基づいています。遺伝子分析産業への政府の見過ごしに関する報告も、現行の基準に基づいています。

誤りや書き落としがあるとすれば、すべて著者の責任です。

# 謝辞

著者は、本書の調査、執筆、校正におおぜいの方々の協力を得たことに心から感謝の意を表する。アーシア・マクニック、イマッド・アクタール、ビル・メッシー、ヘザー・リッツォ、ジェーン・デイヴィス、リンダ・コナリー、ポール・コナリー、ジャスティン・ハイスラー、デイヴィッド・ヴァジル、テリル・リー・ランクフォード、デニス・ヴォイチェホフスキー、シャノン・バーン、ヘンリク・バスティン、ジョン・ホートン、パメラ・マーシャル、アラン・ファローのみなさんである。

また、『われらが遺伝子、われらが選択――遺伝子型と遺伝子の相互作用が人間の行動に与える影響』(未訳)国立衛生研究所神経遺伝学ラボ創設者、デイヴィッド・ゴールドマン博士著にも感謝の意を表する。

# 訳者あとがき

古沢嘉通

本書は、マイクル・コナリーが著した三十四冊めの長篇Fair Warning (2020) の全訳である。ジャーナリストのジャック・マカヴォイを主人公にした、『ザ・ポエット』(1996)、『スケアクロウ』(2009) につづく、シリーズ第三作にあたる。

消費者保護を目的としたニュースサイト「フェアウォーニング」の記者であるマカヴォイは、ロス市警本部強盗殺人課の刑事の訪問を受け、最近起こった女性殺人事件について聴取される。被害女性は、マカヴォイが一年まえ、一夜だけの関係を結んだ相手だった。身に覚えがないマカヴォイは、殺害現場に犯人のDNAが残されていたことから、みずからのDNA採取に応じるが、ジャーナリストの性《さが》で、事件に興味を覚え、取材をはじめたところ、同様の手口による女性の死亡事件が複数あることに気づく……。

元FBI捜査官レイチェル・ウォリングとタッグを組んで、連続殺人犯を追い詰めるという趣向をそのままに、最近のコナリー作品の特徴である、次々と事態が変化していく終盤の怒濤の展開が読みどころの本作、あとは、本文をお楽しみいただきたい——と言いたいところだが、シリーズ第一作から数えて二十四年、第二作からは十一年ぶりの作品ということで、以前のシリーズから得られる情報を紹介し、主人公の背景を少々説明しておいたほうが読書の助けになるだろう。

さて、主人公ジャック・マカヴォイは、コナリー作品の登場人物にしては珍しく生年月日があきらかにされている（たとえば、ハリー・ボッシュは、一九五〇年という生年はわかっているが、月日までは不明）——一九六一年五月二十一日生まれという設定で、これは『ザ・ポエット』のなかで、FBIがまとめた連続殺人事件被害者リストに、ジャックの双子の兄弟であった兄ショーンの生年月日と死亡日が記載されていたという形で紹介されている。

『ザ・ポエット』の作中時間は、兄の亡くなった一九九五年二月からはじまっており、このときマカヴォイは三十三歳。『スケアクロウ』は、二〇〇九年五月のマカヴォイの誕生日二週間まえからはじまっていて、マカヴォイは四十七歳。本書は、二〇一九年が舞台であり、マカヴォイが五十八歳になる年である。

『ザ・ポエット』では、マカヴォイは、デンヴァーの地方紙、ロッキー・マウンテン・ニューズ紙の事件記者だったが、『スケアクロウ』では、〈ザ・ポエット〉事件を本にまとめたものがベストセラーになり、一流紙ロサンジェルス・タイムズ紙の記者に引き抜かれたものの、鳴かず飛ばずで、ついにリストラを通告されてしまう。本作では、タイムズ紙から「ビロードの棺桶」なる事件ニュースサイトに転職して働いていたものの、裁判所命令に逆らって記事の情報源秘匿をつづけた結果、牢屋に放りこまれたあげく、「フェアウォーニング」に転職して、微々たる給料で細々と暮らしている冴えない姿で登場する。

すなわち、第一作で、三十三歳のバリバリのそれなりに若い記者として登場した主人公が本作では、還暦間近の、いつまでも完成しない書きかけの小説を抱えた作家志望の老ジャーナリストになっている。

なお、この年齢の変化に伴い、主人公の口調について訳文に変更を加えた。『ザ・ポエット』は、コナリー初の一人称作品であり、主人公マカヴォイは、地の文では「わたし」、親しい人間相手には（特にレイチェルに対して）「ぼく」、ぞんざいな口調のときは「おれ」を使うように訳し分け、主人公の若さと、けっして「ぼく」など使わないボッシュとのキャラクターの違いを強調しようとした。『スケアクロウ』も同様の方針を採っていたが、本作では、さすがに還暦手前の人間が「ぼく」ではなかろうと、親しい相手には「おれ」を使うようにした。諒とされたい。

書評をいくつか紹介しよう――

「新聞業界というコナリー自身のルーツが根底に流れ、記者が複雑な記事を掘り下げようとしているとき、コナリーは本領を発揮する。まさに悪夢めいたシナリオとあいまって、じつに手に汗握るミステリーに仕上がっている」

――ブックリスト星付きレビュー　ビル・オット

「コナリーは、遺伝子研究の商業マーケティングに内在する現実の危険性に、小説ジャンルの伝統的技法を適用するというみごとな表現をおこなっている。同様に、マカヴォイの一流事件記者からウェブサイト・ライターへの転落を、第四権力（ジャーナリズム）への追悼として利用している」

――ニューヨーク・タイムズ紙　マリリン・スタシオ

「コナリーの不屈のジャーナリスト探偵ジャック・マカヴォイを主人公とするあらた

な刺激的な作品、『警告』は、何年も気づかれずに狩りをつづけてきた残忍な連続殺人犯を暴きだす。本書は、世界的な犯罪小説作家のひとりが最高の形で描いた作品であり、スピード感があり、息をのむほどサスペンスに満ちあふれている」

——ウォーターストーンズ書店

「コナリーを競合相手と分かっているものは、時代を変える瞬間への関心だけではなく、そのあいだを繋ぐ部分への関心でもある。彼はドキドキするようなサスペンスに加えて、本物らしさも提供する。『警告』は、丹念な探偵小説であり、ジャーナリズムの変化に関する洞察や、遺伝子検査の現状と将来に関する警告も散りばめられている。しかも、結末では、ジャックの今後の活躍もほのめかされている。願わくは、次作までまた十年待たずにすむことを。あるいは、ひょっとしたら、ボッシュ、バラード、マカヴォイ、ハラーの夢の共演の実現を期待できるかもしれない」

——サイモン・マクドナルド（豪州）

「ハリー・ボッシュやリンカーン弁護士が注目を浴びてきたなか、『スケアクロウ』以来、再登場の機会をうかがっていたコナリーの三番目の探偵にして不屈のジャーナリスト、ジャック・マカヴォイのとびきりの事件……ジャックは執拗なプロ意識と細部への拘り、そして他の警察小説の大半に勝る傷ついた特大の心臓で、事件に取り組む」

——カーカス・レビュー星付きレビュー

「マイクル・コナリーの長く待ち望まれていたジャック・マカヴォイ・シリーズ第三弾……前作から十一年経っているにもかかわらず、著者自身のポッドキャストの経験を生かし、『警告』を生き生きとした最新のものに仕上げている。偉大な登場人物を引退の危機から蘇らせる完璧な方法を見つけたコナリーにブラボー！」

——アップル・ブックス

「アメリカの犯罪小説の巨匠による新作ミステリーは、クライマックスに向かって突進し、あなたを心から感動させるだろう……優れた作家であるコナリーは、読者が悲鳴を上げそうになるくらい緊張感を高めていく。あらたなマカヴォイ／ウォリング・シリーズの到来を予感させる見事な作品である」

——ピーターボロ・テレグラフ紙（英国）アレックス・ゴードン

さて、今回、ページ割りの関係で、あとがきの分量に余裕があることから、『罪責の神々　リンカーン弁護士』以来ひさびさに完全なコナリー長篇リストを巻末に掲載し、映像化作品リストも加えることにした。長篇リストには、二〇二一年十月時点での「電子化作品」「品切れ増刷未定作品（つまり、新刊では入手不可の作品）」も明示した。

これを見てわかるように、出版社が在庫を抑えるようになり、出版後数年で品切れになるのがあたりまえになっている現在、コナリー作品は極めて高い「現役率」を誇っている。講談社文庫から出版されたコナリー作品に限ると、本書を含め、既刊二十四作四十七冊中、電子版ありが十八作三十五冊、品切れ重版未定は六作十二冊で、三分の二が現役である。

ホームズ物やアガサ・クリスティーのような古典作品を別にして、コナリー同様の三十年近いキャリアがある現役作家で、デビュー作から途切れることなく翻訳されている作家もまれだが、ここまで品切れの少ない作家もさほど多くないだろう。

また、紙幅の余裕を利用し、今回、〈コナリー翻訳四方山話〉と題して、コナリー翻訳にまつわる余談を紹介させていただく。コナリーの翻訳に携わって三十年近く経過し、さすがに初期の記憶は薄れかけており、忘れぬうちに文章に留めておきたいという意図もあってお目汚しをお届けする。

まずは、『ナイトホークス』翻訳前後の話をば。

時は、一九九一年の晩秋。所は、京都市左京区聖護院の旅館さわや本店。一九八二年以来、毎年その時期には、京都ＳＦフェスティバルという京都大学ＳＦ研究会が主催し、昼夜でおこなわれるＳＦイベントが京都市内で開催されており、筆者も古くからのＳＦファンとして、ほぼ皆勤で参加しているのだが、そのときの合宿先の旅館で、扶桑社編集部の金子伸郎氏と会った際、「ホラーは飽きたので、おもしろいミステリーがあれば、やらせてほしい」と筆者は頼んだ。おなじＳＦファン仲間の誼《よしみ》もあって、金子氏から仕事をまわしてもらっていたのだが、それまで扶桑社で二冊、そのまえも他社で二冊ホラー小説を訳していて、個人的に食傷気味だったので、扶桑社ミステリーの王道であるミステリー小説を訳したいという思いをぶつけたのである。

当時、七年余りつづいた会社勤めを辞めて独立して三年めの駆けだし訳者だった筆者は、自分の趣味嗜好を優先させるより、まず生計を維持するほうに重点を置き、来るもの拒まずの態度で仕事をおこなっていたのだが、やはり好みではないものを訳しつづけていると澱のようなものが溜まってきて、相当鬱屈していた記憶がある。

心優しい金子氏は、「わかった」と快諾してくれ、それからしばらくして、拙宅に届いたのが、新人作家のデビュー長篇のタイプ原稿（のコピー）と、下読みした人の書いたレジメだった。そのレジメには、「読後評価Ａ」「営業評価Ａ」と満点の高い評価が記されていた。

それなりに期待して、さっそくその読みにくいタイプ原稿に目を通し、筆者が下したのは、「普通におもしろい」という評価で、金子氏には、「訳します」と返事をした。けっして「抜群におもしろかった」から、「ぜひとも訳させてほしい」というものではなかった。

その作品というのが、言うまでもなく、マイクル・コナリーのデビュー作にしてハリー・ボッシュ・シリーズの記念すべき第一巻『ナイトホークス』だった。

本国アメリカで一九九二年一月に発売され、同年十月に邦訳が出たこの作品、発売当時は無名の新人のデビュー作として、とくに本邦では、まったく注目されなかった。書評もほとんど出なかったと思う。コナリーが俄然注目を浴びるようになったのは、翌年、この作品がアメリカ探偵作家クラブ賞（ＭＷＡ賞）新人賞を獲得してからである。受賞後、はじめて増刷がかかり、続篇の版権も取得され、第二作『ブラック・アイス』の邦訳が出版された一九九四年五月には、ミステリー関係のあらゆる媒体で書評される注目作家となって各種ベストテンで上位に入るようになり、現在に至っている。

あのときの下読み担当者がだれなのか不明だが、日本でのその後のマイクル・コナリー人気を演出した最大の功労者は、その人なのかもしれない。

第一回の四方山話は、ここまで。次に機会があれば、コナリーの版権獲得競争について記してみたい。

次回作 The Law of Innocence (2020) の紹介をしよう。

この作品は、リンカーン弁護士ミッキー・ハラー・シリーズ第六弾。シリーズとしては、『罪責の神々　リンカーン弁護士』(2013) 以来、七年ぶりの作品になる。

ハラーが殺人容疑で逮捕され、高額の保釈金を設定されたことから保釈されず、収監された身でありながら、裁判でみずからの潔白を証明しようとする奮闘を描く。当然ながら、ハラーに不利な証拠が次々と提示され、また、ハラーをはめた真犯人からの物理的な脅威にも晒され、絶体絶命の危機にリンカーン弁護士チームが一丸となり立ち向かう様子が見所。従来のリンカーン弁護士物と異なり、今回はハラー自身が被告の身になっており、これまで以上に緊張感のある法廷劇が終盤まで繰り広げられており、傑作と断言できる。

本作は、来年二〇二二年夏頃にお届けする予定である。ご期待いただきたい。なお、それまでには、『真鍮の評決』を原作としたNetflixのドラマ『リンカーン弁護士』シーズン1（主演マヌエル・ガルシア＝ルルフォ、全十話）が配信されていればいいな、と願っている。

二〇二一年十月

マイクル・コナリー長篇リスト

1 The Black Echo（1992）『ナイトホークス』（上下）（扶桑社ミステリー）★ HB
2 The Black Ice（1993）『ブラック・アイス』（扶桑社ミステリー）★ HB
3 The Concrete Blonde（1994）『ブラック・ハート』（上下）（扶桑社ミステリー）★ HB
4 The Last Coyote（1995）『ラスト・コヨーテ』（上下）（扶桑社ミステリー）★ HB
5 The Poet（1996）『ザ・ポエット』（上下）（扶桑社ミステリー）※ JM RW
6 Trunk Music（1997）『トランク・ミュージック』（上下）（扶桑社ミステリー）★ HB
7 Blood Work（1998）『わが心臓の痛み』（上下）（扶桑社ミステリー）※ TM
8 Angels Flight（1999）『エンジェルズ・フライト』（上下）（扶桑社ミステリー）※ HB

9　Void Moon（2000）『バッドラック・ムーン』（上下）（木村二郎訳）※
10　A Darkness More Than Night（2001）『夜より暗き闇』（上下）※　HB　TM
11　City of Bones（2002）『シティ・オブ・ボーンズ』（ハヤカワ・ミステリ文庫）
HB
12　Chasing The Dime（2002）『チェイシング・リリー』（古沢嘉通・三角和代訳：
ハヤカワ・ミステリ文庫）
13　Lost Light（2003）『暗く聖なる夜』（上下）☆　HB
14　The Narrows（2004）『天使と罪の街』（上下）☆　HB　TM　RW
15　The Closers（2005）『終決者たち』（上下）☆　HB
16　The Lincoln Lawyer（2005）『リンカーン弁護士』（上下）☆　MH
17　Echo Park（2006）『エコー・パーク』（上下）☆　HB　RW
18　The Overlook（2007）『死角　オーバールック』☆　HB　RW
19　The Brass Verdict（2008）『真鍮の評決　リンカーン弁護士』（上下）☆　MH
HB
20　The Scarecrow（2009）『スケアクロウ』（上下）※　JM　RW
21　Nine Dragons（2009）『ナイン・ドラゴンズ』（上下）※　HB　MH

22 The Reversal (2010)『判決破棄 リンカーン弁護士』(上下)※ MH HB RW
23 The Fifth Witness (2011)『証言拒否 リンカーン弁護士』(上下)※ MH HB
24 The Drop (2011)『転落の街』(上下)☆ HB
25 The Black Box (2012)『ブラックボックス』(上下)☆ HB RW
26 The Gods of Guilt (2013)『罪責の神々 リンカーン弁護士』(上下)☆ MH HB
27 The Burning Room (2014)『燃える部屋』(上下)☆ HB RW
28 The Crossing (2015)『贖罪の街』(上下)☆ HB MH
29 The Wrong Side of Goodbye (2016)『訣別』(上下)☆ HB MH
30 The Late Show (2017)『レイトショー』(上下)☆ RB
31 Two Kinds of Truth (2017)『汚名』(上下)☆ HB MH
32 Dark Sacred Night (2018)『素晴らしき世界』(上下)☆ RB HB
33 The Night Fire (2019)『鬼火』(上下)☆ RB HB MH
34 Fair Warning (2020) 本書 ☆ JM RW
35 The Law of Innocence (2020) MH HB (講談社文庫近刊)

36　The Dark Hours（2021）　RB HB

訳者名を記していない邦訳書は、いずれも古沢嘉通訳。出版社を記していない邦訳書は、いずれも講談社文庫刊。

☆　電子版あり　※　品切れ重版未定

★　分冊の電子版に加え、合本の形での電子版およびオンデマンド印刷本あり

＊主要登場人物略号　HB：ハリー・ボッシュ　MH：ミッキー・ハラー　RW：レイチェル・ウォリング　RB：レネイ・バラード　JM：ジャック・マカヴォイ　TM：テリー・マッケイレブ

マイクル・コナリー映像化作品リスト

【劇場公開長篇映画】

『ブラッド・ワーク』(2002) 監督・主演/クリント・イーストウッド (原作『わが心臓の痛み』)

『リンカーン弁護士』(2011) 監督/ブラッド・ファーマン 主演/マシュー・マコノヒー (原作『リンカーン弁護士』)

【ドラマ】

『BOSCH/ボッシュ』Amazon プライム・ビデオ 脚本にコナリー参加、主演/タイタス・ウェリヴァー

シーズン1 (2015) (原作『シティ・オブ・ボーンズ』中心に、『ブラック・ハート』と『エコー・パーク』の要素を加味)

シーズン2 (2016) (原作『トランク・ミュージック』中心に、『転落の街』と『ラスト・コヨーテ』の要素を加味)

シーズン3（2017）（原作『ナイトホークス』、『夜より暗き闇』）
シーズン4（2018）（原作『エンジェルズ・フライト』中心に、『ナイン・ドラゴンズ』の要素を加味）
シーズン5（2019）（原作『汚名』）
シーズン6（2020）（原作『死角　オーバールック』、『素晴らしき世界』）
シーズン7（2021）（原作『燃える部屋』）
『リンカーン弁護士』Netflix　主演／マヌエル・ガルシア＝ルルフォ
シーズン1（2021年3月撮影開始）　全10話（原作『真鍮の評決』）

|著者| マイクル・コナリー　1956年、フィラデルフィア生まれ。フロリダ大学を卒業し、新聞社でジャーナリストとして働く。手がけた記事がピュリッツァー賞の最終選考まで残り、ロサンジェルス・タイムズ紙に引き抜かれる。「当代最高のハードボイルド」といわれるハリー・ボッシュ・シリーズは二転三転する巧緻なプロットで人気を博している。著書は『暗く聖なる夜』『天使と罪の街』『終決者たち』『リンカーン弁護士』『エコー・パーク』『死角　オーバールック』『真鍮の評決　リンカーン弁護士』『転落の街』『ブラックボックス』『罪責の神々　リンカーン弁護士』『燃える部屋』『贖罪の街』『訣別』『レイトショー』『汚名』『素晴らしき世界』『鬼火』など。
|訳者| 古沢嘉通　1958年、北海道生まれ。大阪外国語大学デンマーク語科卒業。コナリー邦訳作品の大半を翻訳しているほか、プリースト『双生児』『夢幻諸島から』『隣接界』、リュウ『宇宙の春』『Arc アーク』（以上、早川書房）など翻訳書多数。

警告《けいこく》(下)

マイクル・コナリー｜古沢嘉通《ふるさわよしみち》 訳



講談社文庫
定価はカバーに
表示してあります

2021年12月15日第１刷発行

KODANSHA

発行者――鈴木章一
発行所――株式会社　講談社
東京都文京区音羽2-12-21　〒112-8001
電話　出版（03）5395-3510
　　　販売（03）5395-5817
　　　業務（03）5395-3615
Printed in Japan

デザイン―菊地信義
本文データ制作―講談社デジタル製作
印刷――――大日本印刷株式会社
製本――――大日本印刷株式会社



ISBN978-4-06-526377-8

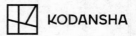

# 講談社文庫刊行の辞

二十一世紀の到来を目睫に望みながら、われわれはいま、人類史上かつて例を見ない巨大な転換期をむかえようとしている。

世界も、日本も、激動の予兆に対する期待とおののきを内に蔵して、未知の時代に歩み入ろうとしている。このときにあたり、創業の人野間清治の「ナショナル・エデュケイター」への志を現代に甦らせようと意図して、われわれはここに古今の文芸作品はいうまでもなく、ひろく人文・社会・自然の諸科学から東西の名著を網羅する、新しい綜合文庫の発刊を決意した。

激動の転換期はまた断絶の時代である。われわれは戦後二十五年間の出版文化のありかたへの深い反省をこめて、この断絶の時代にあえて人間的な持続を求めようとする。いたずらに浮薄な商業主義のあだ花を追い求めることなく、長期にわたって良書に生命をあたえようとつとめるところにしか、今後の出版文化の真の繁栄はあり得ないと信じるからである。

同時にわれわれはこの綜合文庫の刊行を通じて、人文・社会・自然の諸科学が、結局人間の学にほかならないことを立証しようと願っている。かつて知識とは、「汝自身を知る」ことにつきていた。現代社会の瑣末な情報の氾濫のなかから、力強い知識の源泉を掘り起し、技術文明のただなかに、生きた人間の姿を復活させること。それこそわれわれの切なる希求である。

われわれは権威に盲従せず、俗流に媚びることなく、渾然一体となって日本の「草の根」をかたちづくる若く新しい世代の人々に、心をこめてこの新しい綜合文庫をおくり届けたい。それは知識の泉であるとともに感受性のふるさとであり、もっとも有機的に組織され、社会に開かれた万人のための大学をめざしている。大方の支援と協力を衷心より切望してやまない。

一九七一年七月

野間省一